含英吐华

余光中 著

上海三联书店

含英吐华译家事

　　十五年前梁实秋先生在台北逝世，晚辈为纪念他对文学的多重贡献，成立了"梁实秋文学奖"，每年举办一次，以迄于今。为了表彰他在散文与翻译两方面的成就，这文学奖又分为散文创作与翻译两类，翻译类又设译诗与译文两组。这件盛事由"中华日报"主办，当时蔡文甫先生乃"中华"副刊主编，实际事务便由他负责，而我，身为梁门弟子，义不容辞，翻译类的出题与评审，便由我来主持。

　　出题绝非易事。题目太难，没有人敢参加；太容易，人人都译得不错，高下难分。原著不能太有名，否则译本已多，难杜抄袭；也不能太无名，否则不值得翻译。为了多方考验译者的功力，译诗与译文两组各出两题：译诗组是两首诗，译文组是两段散文。散文一段较富感性，另一段则较富知性。诗的两题必属不同诗体，例如一首若为十四行，另一首则是无韵体。原作者也讲究对照，或为一古一今，或为一英一美。

评审更不轻松。要在台湾的学界请到够格的评审委员，很不容易。所谓名教授往往是理论家、批评家，志在发表"学术论文"，尤其是在操演西方当令显学的某某主义，但是要他翻译，因为不算论文，而且无助升等，所以肯出手的不多，能胜任的更少。

一般的文学奖往往要经初审、复审、决审三关，来稿一再淘汰，到了决审委员面前，件数就不多了。梁实秋翻译奖十四年来都不经初审、复审，只有决审。三位评审委员往往从上午一直讨论到晚餐时分，才终于定案。所以考虑再三，是因来稿之中犯错少的文笔往往不佳，而文笔出色的偏又一再犯错，要找一篇原文没看走眼而译文也没翻失手的，实在很难。

后来我们发展出两套办法来解决困难。第一套可称定位法，就是先选一篇佳译作为基准，再把其他佳作拿来比较，更佳者置于其前，较逊者置于其后。最后把"置后者"尽量淘汰，再把"置前者"详加比较，排出优先次序，便可产生前三名及若干佳作了。有时两稿势均力敌，难分高下，不是各具胜境，便是互见瑕疵，评审委员沉吟久之，不得要领，只好祭起记分法了。就是权将翻译当作科学，译稿遇有优点，可分大优、中优、小优，比照加分；遇有毛病，则可分大病、中病、小病，也比照扣分。这么一经量化，虽然带点武断，却很快得到结果。

得奖名次定了之后，评审工作并未完成。译稿为何得奖，有何优点，有何缺失，应该如何改进，评审诸公有责任向读者说明，更应该向译者交代。所以交出一篇详尽的评析，实有必要，否则有奖无评，或者有评而草率空泛，就不能达到设奖的社会教育功能。翻译奖的评审不但应该"眼高"，能分高下，还得"手高"，才能出手示范。

就在这样的信念下，十几年来我一直为翻译奖的译诗组撰写逐篇评析的详细报告，短则六七千字，长则超过万言。现在终于把前后的评语合出一书，希望对于有志翻译英诗或欣赏英诗的人，能有帮助。

自从二十世纪初年苏曼殊、马君武、胡适分别以五古、七古、骚体翻译拜伦的《哀希腊》以来，西诗中译已有近百年的历史。但是苏曼殊、马君武的后辈很快就改用白话来翻译：新诗一行可以用十个字甚至十几个字，又不受平仄与押韵的限制，不像古诗最多七言，难有回旋的空间，但缺点是比较松散，失之费词，同时会受英文文法的影响，不知不觉养成了过分西化的陋习，把英文文法不可或缺而中文文法并无必要的说法，照单全收，都译了过来。例如 Hold up your hands！用中文说只要"举起手来！"就可以了。但习于西化的译者就会不假思索，译成："举起你的手来！"译者的中文如果不够好，不够纯，就会处处跟着英文走。结果不是语法生硬，就是用字冗赘。

英诗中译的起码功夫，该是控制句长，以免前后各行参差太多。例如英诗最常见的行式"抑扬五步格"（iambic pentameter），其长为十音节，译成中文若长达十三四字甚至十五六字，就太长了。这就考验到译者用字简洁的功力，其结果，是许多译者甚至有名的译家往往因此失控，坐令各行长短悬殊，把一首工整的古典格律诗，例如一首十四行或英雄式偶句体，译得四不像，只像自由诗。

当代不少译家翻译"抑扬五步格"的诗，往往自我设限，在中译里一律只用十个字。我发现此限失之于严，所以奉行起来缺少弹性，不是句法局促，就是节奏僵硬。其实英诗用"抑扬五步格"，往往可以饶一个音节。例如莎士比亚的十四行体一一六号的这四行：

Oh, no！it is an ever fixéd mark,

That looks on tempests and is never shaken；

It is the star to every wandering bark,

Whose worth's unknown, although his height be

taken.

看来长短不齐，其实都合于每行十音节之限。第一行
本来只有九个音节，把 fixed 加上重读号，就满十个
了。第二行其实有十一个音节，但最后的音节是轻
音，所以重音仍只有五个，可以允许；第四行的情
况也是如此。此外，第三行的 every，其第二个 e 和
wandering 的 e 都因为太轻，甚至不算是一个音节单
位。可见英诗的格律有其弹性，译者不必拘泥于每行
限用十字。我自己译时，每行的弹性常设于十字到
十三字。至于回行，也都悉依原诗。

　　至于句法或文法，也应尽量贴合原诗。例如艾略
特的《三智士朝圣行》（*The Journey of the Magi*）有
句云：A hard time we had of it 乃倒装句，我译成：
"苦头，我们真吃够。"不但倒装，也是七字。又如丁

尼生的《帝索纳司》（*Tithonus*）有句云：And after many a summer dies the swan 也是倒装，就应译成："过了多少夏天才死了那天鹅。"若是译成"过了许多夏天那天鹅才死了"，就太平直，缺少余韵。再如康明斯（E.E.Cummings）的《或人住在一个很那样的镇上》（*Anyone lived in a pretty how town*），首段原文是：

anyone lived in a pretty how town

with up so floating many bells down

spring summer autumn winter

he sang his didn't he danced his did.

我的译文是：

或人住在一个好那样的镇上

有这么飘起许多的钟啊下降

春天啊夏天啊秋天啊冬天

他唱他的不曾他舞他的曾经

遇到古典的格律诗，就考验译者用韵的功力。用韵之道，首先要来得自然。许多译者为了勉强押韵，不惜扭曲句法，或是颠倒文词，例如把"犹豫"倒成"豫犹"，"悲伤"倒成"伤悲"。其次韵脚之间，四声应有变化，若是一连几句都用上声字，就嫌低沉，而前后的韵脚连用去声字，又失之急峭。第三，韵脚还应配合该句的感情：刚句的韵脚若用上声，柔句的韵脚若用去声，都不相宜。许多译者，甚至包括名家，不是没有耐力去找韵，就是没有功力去控韵。把一首有韵的格律诗译成了无韵的所谓自由诗，都对不起原作者，也误导了读者。

"唯诗人始能译诗"的高调，由来已久，未必是普遍的真理。这全看译诗的是怎样的诗人。诗人之长在于创造力，译家之长却在适应力（adaptability）。诗人只管写自己最擅长的诗便可，译家却必须去适应他人的创意与他人的表达方式，他必须成人之美，使用另一种语言来重现他人的独特经验。他得学做一个千面演员：千面演员演什么就像什么，译家则要能译什么就像什么。这特技，绝非任何诗人都修炼得成。何况今日的诗人大半都写了一辈子的所谓"自由诗"，自由惯了，一旦坐下来，怎么就能够译出古典的格律诗？古典诗寓自由于格律的那种气象，是要努力锻炼得来的。怪不得有些诗人所译的诗，不是句长失控，便是韵脚蹒跚，或者语法生硬。

译诗的另一考验在语言的把握。原诗若是平淡，就不能译成深峭；若是俚俗，就不能译成高雅；若是言轻，就不能译得言重；反之亦莫不皆然。同时，如果原诗的语气简洁而老练，也不见得不能用文言来译。像叶慈（Yeats）的《华衣》（*A Coat*）、庞德（Ezra Pound）的《罪过》（*An Immorality*）等诗，我读来有古诗雅趣，便索性用文言译了。译诗至此，就不只是对错之分，而是风格的追求了。

书以"含英吐华"为名，用的是"含英咀华"的成语句型。不过此地的"英"是指英诗，"华"是指中文：读进来的英诗，吐出去变成中译，正是我这本书要讨论的主题。

余光中
二〇〇二年二月于高雄左岸

附　注：

本书附录历届得奖人之译文，已取得译者之同意。无法联络之得奖人，其译文暂且从缺。

目 录

第一届译诗原文

The Novelist

Encased in talent like a uniform,
The rank of every poet is well known;
They can amaze us like a thunderstorm,
or die so young, or live for years alone.

They can dash forward like hussars: but he
Must struggle out of his boyish gift and learn
How to be plain and awkward, how to be
One after whom none think it worth to turn.

For, to achieve his lightest wish, he must
Become the whole of boredom, subject to
Vulgar complaints like love, among the Just

Be just, among the Filthy filthy too,
And in his own weak person, if he can,
Dully put up with all the wrongs of Man.

W. H. Auden(1907 – 1973)

Cavalry Crossing a Ford

A line in long array where they wind betwixt green
    islands,
They take a serpentine course, their arms flash in
    the sun—hark to the musical clank,
Behold the silvery river, in it the splashing horses
    loitering stop to drink,
Behold the brown-faced men, each group, each
    person a picture, the negligent rest on the
    saddles.

Some emerge on the opposite bank, others are just

    entering the ford—while,

Scarlet and blue and snowy white,

The guidon flags flutter gayly in the wind.

Walt Whitman(1819 – 1892)

第一届译诗组冠军译文

小说家

彭镜禧　译

包装上有如制服的才情，
诗人的阶级一目即了然；
他们能雷雨般惊动大众，
或英年早逝，或长守孤单。

他们能轻骑冲锋：然而他
却得把少小禀赋挣脱掉，
学习平易和拙劣，想办法
做到没有人会屑于一瞧。

因为，若想稍遂薄愿，他必
须化作百般无聊，听命于
庸俗之叹，如爱情；处公义

合公义，入泥污则染泥污；
如有能耐，更以一己脆弱，
钝然忍受人类所有过错。

——奥登

骑兵队渡河

彭镜禧　译

一条长龙蜿蜒于青绿岛屿之间：

他们走曲折迂回的路线，兵器闪烁着阳光——听，那悦耳的叮当，

看，那银也似的河，哗啦啦的马儿在里面懒洋洋驻足饮水，

看，那铜面人，各队、各人自成一幅画面，散兵歇憩马鞍上，

有些冒出了对面河岸，其余刚进入渡口——这

当儿，
　　红的蓝的雪白的
　　队旗愉悦地迎风翻飞。

　　　　　　　　——惠特曼

第一届译文原文

Human Society in Ethics and Politics

I do not believe that a decay of dogmatic belief can do anything but good. I admit at once that new systems of dogma, such as those of the Nazis and the Communists, are even worse than the old systems, but they could never have acquired a hold over men's minds if orthodox dogmatic habits had not been instilled in youth. Stalin's language is full of reminiscences of the theological seminary in which he recieved his training. What the world needs is not dogma, but an attitude of scientific inquiry, combined with a belief

that the torture of millions is not desirable, whether
inflicted by Stalin or by a Deity imagined in the
likeness of the believer.

Bertrand Russell(1872 – 1970)

An Autobiography

It is clear that no autobiography can begin with a
man's birth, that we extend far beyond any boundary
line which we can set for ourselves in the past or the
future, and that the life of every man is an endlessly
repeated performance of the life of man. It is clear for
the same reason that no autobiography can confine
itself to conscious life, and that sleep, in which we
pass a third of our existence, is a mode of experience,
and our dreams a part of reality. In themselves our
conscious lives may not be particularly interesting. But
what we are not and can never be, our fable, seems
to me inconceivably interesting. I should like to write
that fable, but I cannot even live it;and all I could do

if I related the outward course of my life would be to show how I have deviated from it; though even that is impossible, since I do not know the fable or anybody who knows it. One or two stages in it I can recognize: the age of innocence and the Fall and all the dramatic consequences which issue from the Fall. But these lie behind experience, not on its surface; they are not historical events;they are stages in the fable.

Edwin Muir(1887 – 1959)

第一届译文组冠军译文

人类社会中的伦理与政治

彭镜禧　译

　　我相信，对教条的信仰若是逐渐淡薄，会有百利
而无一害。我毫不讳言，像纳粹党和共产党这类新式
专制，为祸更烈于旧式专制；然而，这些专制能够控
制人心，无非因为人们在年轻时就灌输了正统的专断
习性。斯大林的言辞之间，每每流露出他在神学院受
过的训练。世界需要的不是教条，而是追根究底的科
学态度，再加上这种信念：认定荼毒万千生灵的行为
是不当的——无论祸首是斯大林，或是信徒自身幻化

的神祇。

——*罗素*

自传

彭镜禧　译

显然，没有一本自传可以从人的呱呱坠地写起；人生远超出我们所能自定于过去或未来的范畴；每一人生都是人类生命无穷尽的重演。同理，显然没有一本自传可以自限于清醒的时刻；占我们人生三分之一的睡眠，乃是经验的一种；我们的梦境，也是现实的一部分。我们的清醒时刻本身可能平淡无奇。倒是我们未曾经历而且永远无法经历的，也就是我们的传说，在我看来反倒是意想不到的有趣。我想把那个传说写下来，却甚至无由体会；而我若是记述这辈子的浮光掠影，充其量也只能显示自己如何逸出那个传说；其实，就连这都办不到，因为我既未亲历那个传说，也不认识那个过来人。其中一两个阶段或可辨识：纯真的时期和堕落沉沦，以及随着那场沉沦而来的惊人后果。然而这些都在人生经验的背后，不在皮相；并非史实，而是传说中的两个阶段。

——缪尔

从惠特曼到罗素

评第一届诗文双冠军

一

"梁实秋文学奖"项下的翻译奖，在台湾文坛不能算是首创，因为早在三十六年之前，赵丽莲老师主编的《学生英语文摘》就曾经两度出题，征求英译中的稿件，并颁发奖金。我就是当年的一位得奖人，评审是吴炳锺老师，而奖金是五十元。但以规模而言，当然不及"梁实秋翻译奖"这么大，因为评审委员之多，奖额之高，应征者之众，原文之难，这一次都是后来居上。

"中华日报"主办的这次翻译奖，是以梁实秋先生的名义为号召，意义更为深长。梁实秋是新文学运动以来有数的翻译大家，不但独力译出莎士比亚的全集，而且把其他西洋名著，诸如《沉思录》、《西塞罗文录》、《咆哮山庄》（*Wuthering Heights*）、《百兽图》等十三种，先后中译过来，更在晚年编译了厚逾两千六百页的《英国文学选》一巨册。以他的名义设立的这个翻译奖，在我国目前众多的文学奖之中，奖额不算很高，但其性质却与众不同，可为文坛开一风气，并为译界提高士气。希望未来的文化部能大力支援此举。

二

这一次翻译奖分设诗与散文两项，每项又有两个译题。译诗两首，一首是格律严谨的英国式十四行诗，另一首则是节奏活泼而句法奔放的自由诗，用意是在考验译者应付传统格律诗与现代自由诗的功力。两种考验都能通过，才算得上是够格的译诗高手。译文两段，一段是逻辑紧凑的论说文，出于哲学大师之手，另一段则是潜思冥想的小品，知性之中寓有感性，出于诗文名家之笔，用意是在测探译者处理不同文体的能耐。

三

《小说家》不能算奥登的代表名篇，但也绝非泛泛之作。此诗既是英国式十四行，我们当然盼望译者能译出 abab，cdcd，efef，gg 的韵式，和它音节整齐的行式。第一名译者亦步亦趋，追摹得相当成功。可惜一、三两行的"情""众"未能协韵，乃美中不足。其实第一行结尾若改成"才气"或"才华"，第三行就可以另找韵脚来配。若保留"才情"，第三行也不妨用"士林""人心"，或者像是偏韵的"我们""世人"之类来呼应。另一个办法是把"制服"移到第一行之末，而把第三行末的"惊动大众"改成"惊世骇俗"，便可协韵了。此外，第六行与第八行的"掉"和"瞧"自可押韵，但是"挣脱掉"有点费词，而"不屑一瞧"有点文白夹杂，因此不很自然。如果稍做更动，把"禀赋"移到第六行末，再把"不屑一瞧"改为"不屑一顾"，就可以解决了。不过这么一换韵，又可能跟我前面建议的"惊世骇俗"同韵，乱了英国式十四行的韵式，所以只能两采其一。

原诗每行十个音节，译文也严守每行十个字的自律，颇费心机，甚至在第五、第七、第九、第十、第十一各行也保持回行，极为存真。不过，严守每行十字的长度，有些地方也会显得不很自然。例如第六行"却得把少小禀赋挣脱掉"，就未尽顺口。若改成"却得把少小的禀赋挣掉"，也许较顺。同时，此地的 boyish 略含贬意，也许可以说成"幼年的禀赋"，甚至"童稚的禀赋"。

此诗首句 Encased in talent like a uniform 很不好译，许多来稿对此也颇为失措，成绩普遍不佳。彭译平实无误，可是"包装"二字尚可斟酌。Encase 原义确是"装箱""入盒"，不过若要配合后文的 rank, dash, hussar 的古代战争形象，恐怕还要另谋出路。此地的 encased 其实正有"穿戴（甲胄）"之意：encased in armour 正是中文的"全身甲胄"。古典文学里就常见 a warrior encased in armour 之语，而 a suit of armour 也就是中文小说里的"披挂"。所以为了呼应后文，首句不妨译成"披挂着才情像穿着制服"。

第七行"学习平易和拙劣"一语，也可稍加改进。Learn 不一定处处译成"学习"，有时也可以译成"修养""修炼"。同时此地 awkward 是用曲笔，以贬寓赞，颇有"大智若愚""藏巧于拙"之意。"拙"在中国艺术评语里是可贬可褒的字眼，而往往以退为进，取其褒意。杜甫自谓，就有"老大意转拙"之句。可是"拙劣"就只有贬意,下笔太重了。我建议此句可译成"修炼平易和鲁拙"。

后六行更加难译了,因为第九、第十、第十一各行都是回行,而且在文法上只是一整句,must 统领了五个动词,依次为 become,subject to,be,be(第二个 be 应在两个 filthy 之间,但诗中省去),put up with。其实其中的三个动词:become,subject to,put up with 意思都差不多,均为"忍受"或"承当";所以 become the whole of boredom 不宜译作"化作百般无聊",或可译为"尝尽百般无聊"或"独承世间的烦闷"。

Subject to vulgar complaints like love 意思也是"容忍庸俗的诉苦,如爱情"。彭译作"听命于庸俗之叹……"不很自然,但为了配合韵式,也是没办法。Be just among the Just,be filthy among the Filthy 意思是"随正人则正,随鄙夫则鄙"。The just,the filthy,本来都是指人。奥登此诗用诗人来陪衬小说家,形成对照。他认为诗人独来独往,不但出众,而且骇俗;小说家则不然,他必须收敛才气,安朴守拙,入世尽俗,和光同尘,始能遍历人间的忧烦和辛苦,为众生做证。第五行末 but he 之后所言,皆指小说家;这是此诗结构所在,可惜许多应征者看不出来。

奥登的这首英国式十四行有点"脱格":一来是回行太多(在古典传统中,意大利式回行较多,英国式则少),二来是后六行的排列反依意大利体,三来是第十行末和第十二行末用同音字(to, too)互押,有点技穷的窘态。不过六个回行全在描写小说家的句中,而描写诗人的五行却都神旺气足,没有回行,足见奥登是有意暗示诗人的逞才和小说家的委曲以求。要把这一切都铢两悉称地译成中文,简直不可能。彭译在种种限制之下有如此成绩,不但照顾了文义,而且追摹了诗体,实在难能可贵。

四

《骑兵渡河》当然比《小说家》好译得多,因为译者无须照顾韵脚,也不用裁齐诗行。不过自由诗也不易译,正如自由诗不容易写一样,若是处理不当,不能掌握自然起伏的节奏和富于弹性的句法,就会陷入拖沓而冗赘的散文化。有人不解自由诗之道,竟在译文中把这首《骑兵渡河》押起韵来,实在是大错;其谬正如把《小说家》译成不守格律的自由诗。对于文学作品的译者,尊重原文形式该是起码的职业道德,亦即江湖上所谓的"帮规"。有些应征者大概嫌原文的诗行太长，竟把仅有七行的《骑兵渡河》排成了十行或十行以上，使它看起来整齐一点。这也是一种僭越。

彭译谨守原诗形式，对句法和行式掌握得颇为贴切。这样做，才能让未读或不谙原诗的中国读者尽量接近原诗的真相。第一行的"长龙"当然是意译，若求忠实，可保持原来的"队伍"而不说"龙"。Take a serpentine course 译成"走曲折迂回的路线"，却又嫌直译了一点，可以简化为"曲折地行进"或"一路蛇行"。许多人把 arms 当作"手臂"，乃一大误。试问：手臂怎能铿锵悦耳呢？彭译把 clank 译成"叮当"，当然可以。我只觉得"铿锵"更好，因为顾形思义，更有金属的联想。第三行的 splashing horses 原来可译"溅水的马匹"，彭译作"哗啦啦的马儿"，大胆而有音响效果，甚佳。Loitering stop to drink 译成"懒洋洋驻足饮水"，也颇浑成。只是"驻足"太文了，也欠响亮，不妨改成"停蹄"。成语原有"马不停蹄"之说，正可利用。第四行的"铜面人"不大浑成，也可能引起误解，但也没有什么现成的字眼好用，或许可说"褐脸的士兵"或"褐脸的骑兵"吧。其实中文只说"脸晒黑了"，却不说"脸晒棕了""脸晒褐了"；所以也许可说"黑面孔的士兵"。The negligent 译成"散兵"，不妥。渡河的骑兵旗帜鲜明，并未三五脱队，更未纪律荡然。径称之为"散兵"，恐生"游勇"的联想。不妨把文法放松，译成"有的闲散地靠在鞍上"。While译成"这当儿"，很好。Scarlet仅译为"红的"，不够强调。Gayly作"愉悦地"，是本意，但前文既已标出三色，不妨顺接下来，译成"鲜丽地"或目前流行的"亮丽地"。

五

这次的来稿之中，散文的翻译大致上胜过译诗，因为奥登的《小说家》实在难译。这并不是说，散文就一定好译。像罗素这一小段吧，第一句就十分难缠。do not和anything but都是否定语，但是decay对于dogmatic belief也是否定。所以第一句实际上是个"三重否定句"，一波三折，非但难译，甚至难懂。彭译保留了中间的否定，而把头尾改成了肯定，颇费苦心，是好懂多了，确为佳译。不过若要真传原文三重否定的曲折语气，则不妨译成："我不相信，教条信仰的式微，有百害而无一利。"But they could never have acquired a hold over men's minds if orthodox dogmatic habits had not been instilled in youth 也是一个双重否定句。彭译负负得正，仍然转换成正面的叙述。同样的，若要保留原文的双重否定，也不妨译成："可是世人如果在年轻时不曾濡染正统的专断陋习，这些新制度也绝对不可能控制人心。"

I admit at once 彭译作"我毫不讳言"，当然也说得通。但细究之下，这第二句对第一句是稍作修正：因为前句说，教条式信仰式微了，未必没有好处，后句紧接着说，可是代之而起的新迷信往往更坏。At once 有二解，一为"立刻"，一为"同时"，此地宜作"同时"解。所以 I admit at once 应该译成"同时我也承认"，或"另一方面我也承认"。

彭译在第二句中用了"人们"一词。这字眼完全是中文西化的产品，因为中文本来是说"世人"或"一般人"。彭先生已是译界高手，但愿他以身作则认明此词的"来历"。

Stalin's language······his training 一句，彭译作"斯大林的言辞之间，每每流露出他在神学院受过的训练"。表面上并不忠于原文，但是更合原意，确是大胆的佳译。一般应征者都拘于字面，译成"斯大林的言辞之间，充满了对他当年受教的神学院的怀念"。这当然不能算错，可是最要紧的，不是斯大林对神学院的怀念或记忆，而是他的思考方式、推理习惯得之于他在神学院的训练。前一句刚说过，新制度之得逞，乃由于旧习性之濡染，所以下一句便用斯大林的思考方式和神学院的训练来印证。彭译稍加意译，乃收点睛之效。

What the world needs 彭译作"世界需要的"，稍嫌直译。The world 当然是"世界"，但是也指"世人"或"人类"，还是以后者为较贴切。末句的 inflicted by，一般译者应付得相当辛苦，彭译却以名词取代动词，译作"祸首"，可谓巧力独连。

A Deity imagined in the likeness of the believer 不太好译，许多译者都译得不妥，甚至有人把 likeness 误解为"喜欢"，真是望文生义。彭译作"信徒自身幻化的神祇"，十分简练，但是恐怕与原意有点出入。原文若要译得真切，不外是"根据信徒的形貌幻想出来的神祇"或"活像信徒的空幻神祇"。彭译似乎是说，信徒变成神了。

六

缪尔的《自传》文字虽然平实，思想却颇高妙，并不如表面那么好译。罗素一生反基督教，缪尔则是十分虔诚的基督教徒，所以前后两段文章形成有趣的对照。缪尔在本文所言，人生的意义深远，不限于有生之年，颇近于容氏（C.G.Jung）的"集体的无意识"之说。

第一句包含三个子句，其中第二子句彭译作"人生远超出我们所能自定于过去或未来的范畴"，十分正确，但不够顺畅。也许可以稍稍意译，说成："人生之长，远远超过我们回顾或前瞻时能够自设的界限。"彭译将 the life of every man 翻成"每一人生"，虽然简洁，却欠自然，不如仍作"每个人的生命"。Conscious life 译成"清醒时刻"，似乎短了些，或可改为"清醒的生活"。But I cannot even live it 彭译作"却甚至无由体会"，亦稍欠自然，或可译成"却连体会也不可能"。The outward course of my life 译成"这辈子的浮光掠影"，欠妥。所谓 outward course of life，就是指前文的 conscious life，那倒是轮廓分明，班班可考，不至于"浮光掠影"吧。因此，平实一点，译成"表面经历"比较妥当。同时，deviated 译作"逸出"本无不可，但是好像含有原来颇上轨道的意思；也许用"悖离"较好。

"也不认识那个过来人"一句，"那个"若换成

"谁是"，当较稳实。One or two stages in it I can recognize 译成"其中一两个阶段或可辨识"，保留了原文的倒装句法，很可取。但是原文十分肯定，所以"或可"显得太轻。Fall 译成"堕落"或"沉沦"已足，不必两词并用。至于 dramatic consequences，许多译者都不假思索，径以"戏剧性的后果"应付过去。其实 dramatic 一词既源出 drama，往往引申而有"生动""多彩多姿""表情十足""突如其来""令人兴奋"等意。偶见译者把这形容词译成"重大的"，颇合原意。彭译作"惊人"，亦见深思。仅此一点，已足证彭先生不随俗流，肯下功夫。也就难怪他能双管齐下，左右开弓，把"梁实秋翻译奖"的诗文冠军一同夺去了。

一九八八年八月于西子湾

理解原文·掌握译文

评第一届译文第三名

罗素这一段，起句有三个否定（do not, decay, anything but），译者把它化为一个肯定句，不失为变通的高招。不过 dogmatic belief 只要译成"教条式信仰"或"教条式迷信"即可，不必费词，说成"教条式武断信仰"。"并非是有害无益的"也稍感冗赘。"并非"之后加上"是"字，不但费词，抑且害意。通常只说"他并非好人"已足，不必说成"他并非是好人"。因此这八个字或可改进，说成"并非有害无益"，或者加强语气，译为"并非有百害而无一利"。

"传统的教条旧习"用来翻译 orthodox dogmatic habits，当然没错，可是"旧"与"传统"意思犯重，所以此地的"旧习"不如改为"陋习"。Instilled in youth 作"日积月累地灌输在年轻一代的脑中",英文三个字要动用中文十五个字,成了一比五,未免冗长,应加浓缩。问题出在 in youth。无论是当作个别青年或一般青年,youth 皆应加上 a 或 the 之类的冠词。Youth 前面没有冠词,此地乃指"青年时代",所以整句的意思是:世人迷信纳粹与共党,是因为在青年时代已经习于传统的教条。罗素紧接着便引斯大林出身神学院为例,因此 reminiscences of the theological seminary 表面上似乎是斯大林对神学院不胜怀念,其实是说,他的惜辞在在令人联想到他在神学院接受的那一套训练。

原文的 an attitude combined with a belief 在结构上是两个地位相等的抽象名词;译文作"一种科学探究的态度,以及深信百万生灵茹苦受难是乖悖人心的",前半段是名词片语,后半段却是一串述语,亦即英文文法所谓 predicate,前后地位不对称,中间却用"以及"来连接,文理乃显得不妥。末句的 likeness 解作"喜好",是一大错误。

次论缪尔的一段。We extend far beyond……译作"我们人类的延展",不妥。此地 we 虽为复数,却指每个人自己,因为前文已经说到 a man's birth,所以后文的 we 译成"我们"已足,不必坐实在"人类"之上。句末的 an endlessly repeated performance of the life of man 一语，其中的 man 倒是指"人类"，不宜仅仅译"人"。And all I could do 译成"充其量"，很好。The age of innocence and the Fall 译成"纯真无邪和堕落后的年岁"，不够贴切，因为 the age of innocence 与 the Fall 是平行的。Dramatic consequences 译成"戏剧性结果"，并没有错，但是也不够贴切，因为 dramatic 的引申义在此地可以指"生动""惊人""重大""多变"，等等。

大致说来，两段译文平稳称职，瑕不掩瑜；不过中文的掌握掌尚*简练，尤以第一段为然。相比之下，第二段的文笔畅达多了。

附 注

* 此处疑为作者笔误。——编者注

第二届译诗原文

From "An Essay on Criticism"

A little learning is a dangerous thing;
Drink deep, or taste not the Pierian spring:
There shallow draughts intoxicate the brain,
And drinking largely sobers us again.
Fired at first sight with what the Muse imparts,
In fearless youth we tempt the heights of Arts,
While from the bounded level of our mind.
Short views we take, nor see the lengths behind;
But more advanced, behold with strange surprise
New distant scenes of endless science rise!

So pleased at first the towering Alps we try,

Mount o'er the vales, and seem to tread the sky,

The eternal snows appear already past,

And the first clouds and mountains seem the last;

But, those attained, we tremble to survey

The growing labors of the lengthened way,

The increasing prospects tire our wandering eyes,

Hills peep o'er hills, and Alps on Alps arise!

Alexander Pope(1688 – 1744)

From "Michael"

If from the public way you turn your steps

Up the tumultuous brook of Greenhead Ghyll,

You will suppose that with an upright path

Your feet must struggle;in such bold ascent

The pastoral mountains front you, face to face.

But, courage!for around that boisterous brook

The mountains have all opened out themselves,

And made a hidden valley of their own.

No habitation can be seen;but they

Who journey thither find themselves alone

With a few sheep, with rocks and stones, and kites

That overhead are sailing in the sky.

It is in truth an utter solitute;

Nor should I have made mention of this dell

But for one object which you might pass by,

Might see and notice not. Beside the brook

Appears a straggling heap of unhewn stones!

And to that simple object appertains

A story—unenriched with strange events,

Yet not unfint, I deem, for the fireside,

Or for the summer shade.

William Wordsworth(1770 – 1850)

第二届译诗组冠军译文

论批评

陈达升　译

学识浅薄是件危险的事；
诗泉应深喝，否则勿轻吃：
那少许的分量醉人脑海，
豪饮则使我们清醒过来。
得到缪思教化顿晤灵辉，
凭青春之勇探艺术高巍，
而限于我们智慧的水平
我们短视，不见以后远景；
但前进了，看啊在惊喜间

有变化无穷的光景出现！
初欣然试攀阿尔卑斯山，
翻越山谷，似要登天一般，
连绵积雪看来已落身后，
当前云雾山岭似届尽头；
但，抵达后，我们抖然一望
愈发崎岖的长路在远方，
重重前景看倦了彷徨眼，
山外山，阿尔卑斯层峰见！

——波普

迈克尔

陈达升 译

如果你由公路改变方向
转上格林黑德谷的激流，
你会以为小路笔直必然
双脚要劳累；如此险坡上
田野群山朝着你，面对面。
但，鼓起勇气！因湍溪四周

环山已经全然自我开放，
并且自成一个隐蔽山谷。
看不见有人居住；只不过
到那边旅行的人却只见
几只羊、一些岩石，和老鹰
在头顶的天空展翅翱翔。
这真是绝对孤寂的境界；
我并非定要提及这溪谷
但你或会错过一些东西，
可能没注意到。在小溪旁
散堆着未经砍锲的石头！
而这些平凡东西是有关
一段往事——虽无奇情润饰，
但亦适合，我想，漫话炉边，
或夏日树荫下。

——华兹华斯

左抵蒲伯，右挡华翁

评第二届译诗组冠军

一

　　第二届"梁实秋文学奖"翻译类已于八月十九日评审完毕。由林耀福先生、余玉照先生和我组成的评审委员会，从下午一点半到八点，反复讨论了足足六个半小时，才从二百六十九篇译诗和二百九十四篇译文中决定了两组各六名的得奖人。

　　本年评审的工作仍不轻松，因为"梁实秋文学奖"翻译类虽分译诗与译文二组，评审却是一并进行；而且在决审前的初审、复审之类并无他人代劳。加以每组征文实为二题，所以每位评审委员一共得阅译稿五百六十三篇，也就是一千一百二十六题，还要不断与原文核对，花费的精神真是数倍于评审创作奖。我们甘于担当如此的重任，是因为深感：翻译的风气亟待提倡，翻译的成就应予肯定，同时，当然也是受了梁实秋先生"典型在夙昔"的感召。

二

上届的诗题，一是英国体的十四行，另一是自由诗。为免诗体重复，本届的两段诗，一是格律工整的英雄体偶句（heroic couplet），另一则是开阖吞吐而错落有致的无韵诗。在这两大诗体的夹杀之下，译者若能左驰右突，终于脱险而出，那真是不愧此道高手了。这两种诗体，一则犀利明快，一则柔韧从容，皆为中国传统诗体所无，对于译者真是莫大的挑战。我对于文学翻译的要求，是形义兼顾。所谓"形"，就是原文的形式，以人相喻，犹如体格。原文若是十四行，就不该译成十五行。原文若是押了韵，就不该译成自由诗。原文若是参差的长短句，就应该悉照原有的句式，不可擅自求其整齐，而令中国读者念来"流畅"。翻译非文学的作品，达意便可。称得上文学的作品，其价值不但在"说什么"，也在"怎么说"。文学

035

作品的译者，若是不在乎原文"怎么说"，恐怕是交不了差的。所谓"义"，就是原文的意思，也就是"说什么"。原文的意思必须恰如其分地正确译出，不可扭曲，更不可任意增删。扭曲原文，往往是出于误解，诚然不幸。但是增删原文，往往却由于译者自作聪明，不是觉得原文太啰苏应加简化，就是嫌原文太含蓄应加引申，其结果，当然也是不忠于原文。大致说来，自作聪明的译者里，删减原文者较少而增添己意者较多，所以译者应该知所自律，不可低估读者的悟性，任意加油加醋。更有一种译者，对原文虽不增删，却爱将次序颠倒。例如原文说河边有三种树，依次是甲、乙、丙，译文却说河边的树是甲、丙、乙。这也是一种不忠。理想的译者正如理想的演员，必须投入他的角色，到忘我无我之境，角色需要什么，他就变成什么，而不是坚持自我，把个性强加于角色之上。

一首译诗或一篇译文，能够做到形义兼顾，既非以形害义，也非重义轻形，或者得意忘形，才算尽了译者的能事。

三

诗组第一题摘自十八世纪英国诗宗颇普（波普，

一译蒲伯）的长诗《论批评》，正是该诗最为驰名而常被引述的一段。至于诗体，自然是从朱艾敦到约翰生近百年间盛行的英雄体偶句。此地摘取的十八行也正是九个这样的偶句：每行十个音节，逢双的音节是重音所在，诗律谓之"抑扬五步格"；至于韵脚，则是两行一韵，必须不断换韵，偶尔可以三行一韵，谓之三连句（triplet）。这些特点，内行的译者应当设法尽量保留。

第一名陈达升先生之译，颇能保留上述的特点，相当可贵。最值得注意的，是译文每行均为十字，显然是有意的安排。这一点不难做到，但是译者应该自问：十字一行的译文能否追随十音节一行的原文。若是勉强凑合十个字而难以追随原文的节奏与句法，倒不如稍加伸缩，以求回转自如的空间，和起伏自然的句法。换了由我来译，我会稍稍打破"僵局"，把每行字数弹性处理，例如定在十字与十二字之间。证之于陈译，词组均为偶数结构的句子，例如"得到缪思教化顿晤灵辉""连绵积雪看来已落身后"等等，节奏嫌平，乃近于散文。但是词组结构奇偶相错的句子，例如"诗泉应深喝，否则勿轻吃""有变化无穷的光景出现"等等，节奏跳动起伏，就有诗的感觉。如果十字律能稍稍松绑，就较有"转肘的余地"（elbowroom）。

第二行的"轻吃"失之生硬，显然是押韵之故。

不妨改为"轻试";若嫌"事""试"同音，也可以把第一行改为"——危险的事情"，第二行改为"——否则勿浅饮"。第三行有两个问题：其一是"那少许的分量"含意不很清楚，因为原文的 there 是指诗泉，但译文看不出来；其二是"醉人脑海"不很自然，而且以泉之小来醉海之大，也说不过去。"那少许的分量"不妨重复前文，说成"浅啜诗泉"或"偶尝诗泉"。

第五行纯为二字词组，平稳有余，跌宕不足；同时"教化"乃长久熏陶的过程，与 at first sight 之意不合。不妨改成"得缪思的启发诗兴初动"，如此，次句就可改成"凭无畏的青春探艺术的高峰"，因为"艺术高巍"也不很浑成。为了押韵，前句若为"诗兴初旺"，后句自可"艺术的高冈"；前句若为"初炽诗兴"，后句不妨"艺术的绝顶"，依此类推，不必拘泥。

七、八两行译得相当好，只是 the lengths behind 作"以后远景"，不够妥帖，或可改成"更远的前景""长远的前途"。九、十两行大致无误，不过"但前进了"有点生硬，不如说"但再往前进"或"但更朝前去"。Behold 的直接受词乃 scenes，所以"看啊在惊喜间"不如说成"竟愕然发现"。第十句的意思很明白，并不难译，难在十字以内要交代清楚。一般作"科学"解的 science 此地意为"知识"，正与首行的

learning 呼应，但陈译中并未译出，或因十字律所限之故。若打破十字律，不妨译成"无穷知识的新远景涌在眼前"或者"新知的无穷远景盡涌在眼前"。

第十一行的 Alps 译成"阿尔卑斯山"当然没错，讨厌的是，原文只有一个音节，译文却要陪上五个字，因而形容词 towering 只好出局。我认为不妨简化，理由有二：其一是第二行的 Pierian spring 既已简化为"诗泉"，则同为地名的 Alps 亦可照办；其二是小写的 alp 原本就泛指"高山"，瑞士境内的 the Alps 本意无非是"那些高山"而已。当初此字译成中文，不知何人自作聪明，"高山"竟译成"卑"，原为"历史的错误"。试看此诗末行：and Alps on Alps arise，足见山名已成为一切崇山峻岭的代词了。所以第十一行可以简化为"欣然初试攀巍峨的高山"。

十三、十四两行也译得颇佳。 snows 用多数，当然是积雪，不过出现在诗中，每指雪峰，前面既云 eternal，更为雪峰无疑，因为瑞士一带的雪峰终年积雪。因此，第十三行可译为"永恒的（或千古的）雪峰看来已落在身后"。Clouds and mountains 译"云雾山岭"，不很自然，不妨用中文现成的"云山"一词。同时"当前"不如改成"最初的"。

第十五行颇为不妥。"抖然"一词嫌生硬，而且容易被误为"陡然"的别字。代名词"我们"在中文里也不宜多用。所以此行大可译成"抵达之后(或一旦登临),却战栗地(或凛然)眺望"。第十六行:"愈发崎岖的长路在远方"则是佳译。最后两行里,"彷徨眼"和"层峰见"也欠自然,同时"阿尔卑斯"一词也尾长不掉。也许可以改韵来化解,译成"重重的前景(或前途)令游目看得疲劳 / 一山比一山远,一峰比一峰高"。

四

华兹华斯的《迈可》是一首四百八十二行的叙事诗,诗体则是英诗之中盛行迄今的"无韵诗"(blank verse)。无韵诗没有韵脚,但仍以诗称,因为每一行都要遵守"扬抑五步格"的规律。由于无韵,它只能在行的型态上变花样,所以特多跨行(enjambement)。这种诗体的节奏,在行(line)与句(sentence)之间交错进行,开阖吞吐之际,颇有盘郁顿挫之势,特饶苍劲古朴之风。在所有英诗体中,它离中国古典诗体最远,而其独有的节奏中国人的耳朵也最难欣赏,因此译成中文也最不讨好。陈译形义兼顾,不过不失,颇能追摹原文沉厚朴素的风格，十分难得。因为原文每行十个音节，陈译也一律每行十字，可称工整，而遣词用字既无须照顾韵脚，比起前述《论批评》的译文来，也显得较为自然。

第一行"由公路改变方向"不大合中文语法，同时"公路"会令人误会是汽车的马路，不如说"如果你走大路而改变方向"。次行的"转上"未能尽达原文介词 up 之意，不如说"上溯格林黑德谷的激流"或者"走去绿头谷激流的上游"。第三行的"笔直"不妥，应作"陡峭"，后面更应加逗点。第四行的"双脚要劳累"稍觉生硬，较自然的说法是"要累坏双脚"或"要苦了双脚"。第五行的 The pastoral mountains front you 译成"田野群山朝着你"原是对的，但是四顾无人无田，不如改成"牧野的群山"。Front 语气刚强，译为"朝着"，稍觉无力，且与"面对面"重复，或可改为"挡着"。第七行有两处不妥。"环山"不自然，而且前句已有"四周"，所以不如译成"山势"。"自我开放"像流行的什么学术用语，也不妥。英语中的反身代名词乃是文法所需，中文里往往可以免去。因此，第七行大可译成"山势都已经处处敞开来"。第八行的"山谷"又重复"山"字，或可改成"谷地"。

But they ╱ Who journey thither 译成"到那边旅

行的人"，颇忠于原文，却欠浑成，不妨译成"行人到此"、"到此的行人"或"到此一游的人"。Find themselves alone／with 译成"只见"而不理会英文特有的语法，是干脆的佳译。我只建议：为了强调 alone／with，不妨说成"四顾只见"。许多应征的译稿把 kites 误为"纸鸢"，十分逗笑。试问既无人烟，何来放风筝的人，何况纸鸢怎么会翱翔？陈译作"老鹰"，不错。不过此字应专指鸢，或称鹞鹰。

第十三行的"境界"陈义太高，为原文所无，不妨降低姿态，改为"地带"。第十四行的"我并非定要"不如译成"我本来不该"；"提及"不如改为"提起"。下一行的 but for 等于 except for，宜译为"若非"或"要不是"；此地的 but 与"但是"无关。One object 陈译作"一些东西"，大概是因为石头成堆的关系。其实石头虽多，其为石则一，何况原文自己在说是单数的 one object，而且隔了三行又说是 simple object，因此说"一样东西"就可以了。整个第十五行不妨稍改，成为"要不是你会错过一样东西"。第十六行的前半段 might see and notice not 译成"可能没注意到"，不确，应译为"可能视而不察"。

第十七行"散堆着未经砍锲的石头"，译得颇佳。也许"砍锲"作"砍切"较好，也许"未经砍锲"可作"未经斧凿"。如果把straggling移到行末去修饰石头，这一行也可以说成"有一堆未经砍切的乱石"。

第十八行若不用多数，可改成"而这平凡的东西却有关／一段往事"。Strange events 译为"奇情"，很妙。"润饰"用得也好。问题是第十九行"一段往事——虽无奇情润饰"，词组皆是偶数的结构：一段，往事——虽无，奇情，润饰。念起来太平稳了，像规行矩步的散文，不像诗。也许是译者刻意要谨守十字律之故，译文中相似的节奏尚有几处。若能打开这戒律，就可以加一个字，成为"虽无奇情来润饰"，当有跳动的效果。同时，"润饰"也可以换成"烘托"、"装点"或"助兴"。

倒数第二行把 yet not unfit 译作"但亦适合"，负负为正，本来不错。可是英国文学自古就好用"低调"来轻描淡写，正所谓 understatement。若加细读，当会发现这段诗的末五行里，有三个同类的否定形容词：unhewn, unenriched, unfit。这特色译文中应该保留。前文 unhewn stones 本来可译"天然的石头""原始的石头"，可是只有正义，难表反义，所以倒数第二行大可译成"但也不妨，我想，漫话于炉边"。同时，for the fireside, ／Or for the summer shade 也可以译成"在炉边漫谈／或是在夏树荫下"。这八个英文字里，充满了协韵、头韵、半韵、双声，音调丰富而交错，译文只有望"洋"兴叹了。

我曾为彭镜禧、夏燕生合译的《好诗大家读》写序，说过这样的话："论人译诗，就像观人弈棋，在一旁闲话指点总容易得多。轮到自己下场，就会举棋不定了。"准此，则翻译华兹华斯这段诗，译者正像与华老对弈，原文如攻，译文如守。看来这一盘棋，译者陈达升先生守得还相当严密，并未输局，值得庆贺。

一九八九年九月三日于西子湾

第二届译文原文

A Long Way Round to Nirvana

That the end of life is death may be called a truism, since the various kinds of immortality that might perhaps supervene would none of them abolish death, but at best would weave life and death together into the texture of a more comprehensive destiny. The end of one life might be the beginning of another, if the Creator had composed his great work like a dramatic poet, assigning some lines to one character and some to another. Death would then be merely the cue at the end of each speech, summoning the next personage to break in and keep the ball rolling. Or perhaps, as some suppose, all the characters are assumed in turn by a single supernatural Spirit, who amid his endless improvisations is imagining himself living for the moment in this particular solar and social system. Death in such a universal monologue would be but a change of scene or of metre, while in the scramble of a real comedy it would be a change of actors. In either case every voice would be silenced sooner or later, and death would end each particular life, in spite of all possible sequels.

The relapse of created things into nothing is no violent fatality, but something naturally quite smooth and proper. This has been set forth recently, in a novel way, by a philosopher from whom we hardly expected such a lesson, namely Professor Sigmund Freud.

George Santayana(1863 – 1952)

The Spirit of Place

In Cornwall, where the wrinkles and angles of

the earth's age are left to show, antiquity plays a giant's part on every hand. What a curious effect have those ruins, all but invisible among the sands, the sea-blue scabious, the tamarisk and rush, though at night they seem not inaudible when the wild air is full of crying!Some that are not nearly as old are almost as magical. One there is that stands near a great water, cut off from a little town and from the world by a round green hill and touched by no road but only by a wandering path. At the foot of this hill, among yellow mounds of sand, under blue sky, the church is dark and alone. It is not very old—not five centuries—and is of plainest masonry: its blunt short spire of slate slabs that leans slightly to one side, with the smallest of perforated slate windows at the base, has a look of age and rusticity. In the churchyard is a rough grey cross of stone—a disc supported by a pillar. It is surrounded by the waving noiseless tamarisk. It looks northward over the sand hills at a blue bay, guarded on the west by tall grey cliffs which a white column surmounts.

Edward Thomas (1878 – 1917)

第二届译文组佳作

漫漫涅槃路

王　蘋　译

　　生命的尽头是死亡，这可说是毋庸置疑的道理，因为各式各样的永垂不朽或能有所增添衍生，却无一能够祛除死亡，最多将生死交织，织入一匹更形包罗万象的命运中。一个生命的尽头可能是另一个生命的开端。假设造物者一如剧作诗人般创出他的伟大杰作，这个角色分派几句台词，那个角色又分派几句，如此死亡便仅仅是每一段话结尾时提的那个词儿，将下一个人召上台来，好把戏接了唱下去。又或是，有些人认为，所有的角色都由单一的一位超自然神灵所轮流扮演，在其无止无尽的即兴戏中，他想象自己这一刻活在此一特定的太阳系和社会制度中。死亡在这宇宙的独白中，便不过是场景和格律的更换，而在一出真正喜剧的哄乱中，则是演员的更换。无论是哪一种情况，每一个声音迟早都要沉寂，且死亡会结束每个生命，尽管其后可能有各种延续。

创造出来的万物退返虚无并非残暴的噩运，而是理所当然十分平顺合宜的事。最近有一位哲学家，便以新奇的方式，提出此说，我们根本没料到此人会有这番教诲，他就是西格蒙·佛洛依德。

——桑塔亚那

地方神灵

王 蘋 译

在康瓦儿郡这个地方，地球露出苍老的皱纹和棱角，古迹的巨手伸向每一处。那些废墟，在沙土中，在海蓝的轮峰菊，在柽柳和灯心草中，隐隐不可见，却生出多么奇异的效果，虽则到了夜晚，荒野的空气中满是哭喊，它们仿佛也并非寂寂不可闻。一些不那么古老的，却几乎同样魔幻。有那么一座，伫立于一大片水边，一座油绿的圆丘将城市和尘世隔绝于外，亦无路可通，只有一条蜿蜒小径。在山丘之麓，成堆黄沙之中，碧空之下，教堂又晦暗又孤单。算不上古老——还不到五世纪——石工也极为普通：短而钝的石板瓦尖塔微微倾向一边，加上开在底部，至为窄小的石板打洞窗户，看起来年代湮远且朴拙。在教堂的墓园里，有一块灰色粗糙的十字形石头——乃一片扁平圆石架在圆柱上。周围是摇曳无声的柽柳。那石头越过沙丘北望蓝色的海湾，高而灰的悬崖护守在西边，崖顶擎起白石一柱。

—— 爱德华·汤玛士

灵魂超脱路迢迢

何文敬　译

"生命的终点是死亡"可以说是老生常谈，因为可能接踵而至的各项不朽良方，无一能终止死亡，顶多将生与死编织在一起，编织成更广泛的命运。如果上帝创造它的杰作宛如戏剧诗人，把诗行一一分配给剧中人物，那么一个生命的结束可能是另一生命的开始。死不过是每段演说词结尾的提示，召唤下一位人物进场，继续扮演人生的戏。或者，根据某些人的说法，一位神灵轮流担任所有角色，它在永无止境的即兴之作中，假想自己就暂时生活在这个太阳系和社会制度里。在这样的宇宙独白里，死只是场景或节拍的改变罢了，而在一场真实的喜剧中，死将是演员的更换。不管续集如何，每种声音迟早都会沉寂，死将结束每一生命。

万物之重返乌有，并不是惨烈的命运安排，而是自然而然，非常顺利妥当的事。一位哲学家最近用新颖的方式提出此观点，我们简直想不到从他那儿获此教训，他就是席格曼·佛洛伊德教授。

——乔治·桑他亚那

地的灵魂

何文敬　译

在康瓦耳，岁月在地面上所留下的皱纹和角度清晰可见，历史悠久到处都扮演着巨擘的角色。那些遗迹令人兴起多么奇特的感受啊！在沙堆中，在海蓝的轮峰菊下，在柽柳和灯心草丛里，那些遗迹白天几不可见，虽然晚上野风呼号时犹依晰可闻。有些古迹虽然历史不比其他的悠久，却几乎一样的夺人心魄。有座古迹孤立在大海边，圆形的青山把它跟小镇和外界隔绝了，而且只有一条羊肠小径，别无其他路可通。在这小山脚，在黄沙堆中，在蓝天下，该教堂遗迹幽暗而孤伶。它不很老——五百年不到——而且是用最朴实无华的石工技术刻砌而成的：矮小而钝的石板瓦尖塔有点倾斜，最小的穿孔石板窗装在塔底，看起来饶有岁月痕迹与乡土风味。墓园里有顶粗糙的灰色石头十字架——由柱子支撑着的圆盘。教堂四周环绕着波动起伏而静悄悄的柽柳。它座南朝北，俯视着蓝色海湾的沙丘，守在西边的是高耸的灰色悬崖，而比悬崖还高的，是一根白色圆柱。

——爱德华·汤玛士

涅槃路遥

吕昀珊　译

生命的终点是死亡，可说是老生常谈，因为各种不朽可能接踵而至，却都排拒不了死亡，充其量将死亡交织成更广泛的命运。如果，创造世界犹如诗剧家写剧本，派给这个角色几行，那个角色几行，生命的终点就有可能是另一生命的开端。如此一来，死亡不过是每段台词的尾语，提醒下一个角色接腔，以免断词。或者，正如有些人所想的，所有角色都由单一的超自然神灵轮流担任，他在无止境的即兴演出中，想象自己暂时生存于独特的太阳系和社会体系。在如此的宇宙独白之中，死亡不过是换景或变韵律，然而，在真实人生的奋斗中却是换角。不论哪种情况，人声总会归于沉寂，死亡则会为每条不凡的生命做结，尽管可能有续集上场。

万物回归尘土绝不是激昂的宿命论，这种论调本来就相当温和、恰当。最近有位哲学家用崭新的方式加以阐述，这个人就是我们根本想不到的西蒙·佛洛伊德教授。

——桑塔亚那

地方风情

吕昀珊　译

在康瓦耳一带，地表的皱褶和斜度显出地球的年岁，各方在在显示古迹扮演着巨人的角色。那些遗迹的古怪景象，尽管为黄沙、海蓝色的轮峰菊、柽柳和灯心草所掩，夜里狂风呼号时，似乎仍可听见！有的遗迹没那么古老，其古怪却差可比拟。有一处遗迹就矗在水边，隔着绿色的圆丘与小镇及外界隔离，只靠一条蜿蜒小径相接。在山脚下，黄沙堆里，蓝天底下，有座斑驳、孤零零的教堂。这座教堂不算太老旧——不到五百年——是用粗糙的石材砌成：短而钝的塔顶乃石板瓦稍稍斜向一边搭成，满是岁月的痕迹和质朴的气息，底部有最小的洞洞石板窗。墓园里立着一个灰色、粗糙的石雕十字架，状似柱子撑着圆盘，四周全是无声摇曳的柽柳。这个十字架向北望过沙丘，俯瞰着蓝色的海湾，西边有白色石柱高耸的灰色绝壁作为屏障。

——爱德华·汤玛斯

哲理与诗情

第二届译文组佳作综评

一

第二届"梁实秋文学奖"翻译类译文组的译题，依照上届的方式，仍然一题是知性的论说文，一题是感性的抒情文，以考验译者应付不同性质不同风格散文的能耐。桑塔耶纳乃西班牙裔的美国哲学家，不但文笔雅洁，而且擅写十四行诗。摘自《长路萦回到涅槃》的这段文章，虽然是哲人对死亡的论析，仍见处处形象生动，富于想象与感情，所以可当散文来读。至于爱德华·汤默斯，和上届的缪尔一样，也是杰出的诗人，却写得一手好散文。从《地灵》摘出来的这一段，描写精确而细腻，笔触敏感而有诗意，简直是一篇美文。谁要是能够过此两关，自非泛泛之辈。

二

佳作一，译者王蘋

　　第一题首句的"或能有所增添衍生"，意思不很明白，大可稍加简化，译为"或能有所添补"或者"或会继之而来"。句末"织入一匹更形包罗万象的命运中"，稍觉冗赘，不妨承接上文，译作"成为经纬更加纵横的命运"。Texture 原指肌肤木石之类的纹理。此地的纹理既然是交织而来，当然可以解为织布的纵经横纬。

　　第二句的 dramatic poet 是指沙福克利斯（Sophocles）、莎士比亚、拉辛（Jean Racine）一类的悲剧作家，所以应译为"诗剧作者"。因此 assigning some lines to one character and some（lines）to another 所分派的台词，正是诗剧里的若干行诗。第三句的"每一段话"其实就是一段诗（例如汉姆莱特 [Hamlet] 的独白），但句末却说"把戏接了唱下去"，前后有点脱节。这出戏究竟是话剧呢还是歌剧？其实都不是，是诗剧。明乎此，译文的措辞就应加调整了。

第四句"单一的一位"意思犯重，不如改成"独一的"。后面的三截话，"在其……即兴戏中，他想象……社会制度中。死亡在……独白中"，都以"中"结束，实在是草率的句法，应该注意。（第二题第二句的译文，也有三处以"中"殿后。）第五句中段的 a change of scene or of metre，可以译为"换景或变腔"。Metre 指的，正是前文诗剧作者要讲究的韵律。王译忽略了 or，竟译成"场景和格律的更换"，实在不小心。至于 the scramble of a real comedy，更可以反证前文 dramatic poet 所写的该是悲剧。

第六句的后半段 and death would end each particular life, in spite of all possible sequels 所讲的道理，跟第一句所讲的相似。All possible sequels 正是第一句的 the various kinds of immortality that might perhaps supervene，因此，sequels 可以译成"续篇"。

王译的逗点用得不够。其实英文用不用逗点，是看文法；中文用不用逗点，却取决于文气。原文第七句只在 but 前面打了一个逗点；译成中文，句中仍然只有一个逗点，就嫌不够了。我建议，在"虚无"与"当然"之后，最好各加一个逗点，当有助于段落分明。Violent fatality 译成"残暴的噩运"，不妥，也不很自然。我想，第七句的前半段，大可译为"天生万物，复归于无，并非横祸"。Lesson 译为"教诲"，本来不错，但在此地却嫌重了，不妨改作："我们真想不到他会给我们这样的启发。"文末"佛洛依德"之后，漏译了"教授"的头衔。

第二题首句的"这个地方"是多余的；earth 与其译为"地球"，不如称"大地"；left to show 不仅是"露出"，更有"任其暴露"之意。第二句 among the sands 跟后文的 yellow mounds of sand, sand-hills 等是同一回事，应译为"在沙丘之间"。All but invisible 是"几乎看不见"或"几乎隐没"。第五句的"教堂"之前，最好加上"那座"两字。第六句的 very 应该译出，而 blunt short 译成"短而钝"，也倒了；除此之外，整句都译得颇佳。第七句的 cross of stone 是石造的十字架，不能说成"十字形石头"。第九句里北望蓝色海湾的 it，也正是这石造的十字架，不宜说是"石头"。

大致说来，王译二题之中，第二题稍优于第一题。译者对于原文有充分的了解，但是中文的文笔宜加锻炼，以期完美。

佳作二，译者何文敬

第一题 various kinds of immortality 译为"各项不朽良方"，不妥，只要说"种种不朽"就够了。同时，死亡不便终止，只宜祛除、消除、免除。"编织成更广泛的命运"，重复前文的"编织"，觉得费词，可参阅我对王译同句的分析。第二句的"戏剧诗人"意思欠明确，其理我已说过。第二句的 speech 是"台词"，绝非"演说词"。Keep the ball rolling 译成"继续扮演人生的戏"，意思不错，但径言人生，未免落于言诠。不如仍旧在戏言戏，说成"以免冷场"或者"务使好戏连台"。

第五句的 in the scramble of a real comedy 译为"在一场真实的喜剧中"，显然漏掉了 scramble，因此也就不能把生之喜剧的庸人自扰拿来对照天道循环的井井有条。末句的"教训"嫌重了些，不妨代以"启迪"一类字眼。

第二题首句"岁月在地面上所留下的皱纹和角度清晰可见"，句法安排得很好，只是"角度"应作"棱角"，而"清晰可见"不如说"暴露无遗"。后半句"历史悠久到处都扮演着巨擘的角色"不大妥当，尤其把抽象名词 antiquity 译成"历史悠久"，很难担当主词。直译成"古代到处都扮演巨人的角色"，也嫌生硬。稍加意译，也许不失为一条出路，例如："古代的巨灵到处都在作怪。"

第二句译得颇佳："虽然"固然忠于原文句法，却是倒装，有欠自然，不如干脆改为"然而"；"依晰"当为"依稀"之误。第四句的 great water 译成"大海"是对的，因为康瓦耳郡乃一半岛，三面临海，又无长河大湖，何况后文还有 blue bay 的字样。许多译者把它译成"大湖"，实在是昧于地理，又懒看地图之故。

第六句的 of plainest masonry 寥寥三个字，却译成十六个字的长句："用最朴实无华的石工技术刻砌而成的。"其实可以简化为"石工建得极为简陋"。Spire 此地宜译"塔尖"，而 at the base 只能说是"底部"，不能译为"塔底"，否则就太低了。第八句的主词 it 指的，是顶头前文刚说过的那座石十字架，不是整座教堂。

末句毛病不少。首先，从十字架朝北望，越过丛丛沙丘，可见一蓝色海湾。犹如电影镜头的推移，先见沙丘，后见碧海。何译"俯视着蓝色海湾的沙丘"，非但意思不明，而且景象倾倒，相当含混。这一含混，也乱了后文的秩序，因为悬崖守卫的是海湾，不是沙丘，但从何译看来，却是守卫沙丘。至于那根白柱，硬是矗立在高崖之上，不能含糊其词，只说"比悬崖还高"，似乎白柱还不一定是镇在崖顶。

佳作三，译者吕昀珊

第一题首句译得相当干净，只是把 texture 简化掉了，而"广泛"一词显得有点中立，不如"广阔"或"繁富"。第二句的 if the Creator had composed his great work 译成"如果创造世界"，也嫌简化过分，应该充分译出，例如"如果造化创作巨著"。简洁固然是一般译者欠缺的美德，但是过分简单也是一种不忠。

第三句的 then 译成"如此一来"，而且提到句首，很对，但是 personage 译成"角色"，就和前后文的 character 难分难解，何况此字尚有"要角"之意，所以不妨译作"人物"。And keep the ball rolling 译成"以免断词"，不错，只是范围稍窄，不如连前文一并说成"召唤下一位人物上台，以免冷场"。

第五句的一段："死亡不过是换景或变韵律"，若要对仗工整，不妨把"变韵律"改成"变调"。同句的 in the scramble of a real comedy 译成"在真实人生的奋斗中"，径指人生而遗喜剧，未免太意译了。此地的"喜剧"虽有针对人生之意，却与前文 dramatic poet, lines, characters, personage, monologue 等字眼暗示的悲剧形成对照，其详请阅我前文对他人佳作同一题的分析。

第六句的 each particular life 译成"每条不凡的生命"，不妥。此地的 particular 只有"个别的"之意；同时，俗语虽说"一条命"，却罕言"每条命"，尤其"条"与"命"之间还插了他语，更见突兀。

第七句的 violent fatality 是指"横祸"甚至"暴毙"，总之是一件事，不是一种理论。所以"激昂的宿命论"译得不对，而后面的"这种论调——"当然也跟着错了。末句的 from whom we hardly expected such a lesson 原应译成"我们真料不到会从他学到这道理"，吕译把 such a lesson 漏掉了。至于文题"涅槃路遥"，却译得简练浑成。

第二题首句不像第一题首句译得那么顺当，因为"地表"是凭空借来的，而 left to show 译成"显出"也未尽其意，同时"斜度"不如"棱角"妥帖。"各方"与"在在"意思重复。

第二句颇有问题。All but invisible 是"几乎看不见"而不是"为……所掩"，但是最大的问题在于"景象"如何"仍可听见"。第三句可谓佳译。第四句的 stands near a great water 译为"矗在水边"，意思不全。第五句说教堂 dark，应译"阴暗"而非"斑驳"。第六句的 is of plainest masonry，是说建筑的石工做得极其简陋，与建材粗糙的意思仍有出入。后面紧接的"短而钝的塔顶乃石板瓦稍稍斜向一边搭成……"译得颠颠倒倒，应该改为："石板瓦盖的塔尖又钝又短，向一边微微倾斜，底部的石板窗极小，还有洞孔，整体看来，又古老又土气。"

第七句"状似柱子撑着圆盘"，不确，因为那石头的十字架就是石柱上顶一面圆盘，不是"状似"。末句的后半段交代不清，大可依照原文的次序改成："屏障在西边的是高高的灰色悬崖，上面还顶着一根白柱。"

第三届译诗原文

To Robert Browning

There is delight in singing, though none hear
Beside the singer;and there is delight
In praising, though the praiser sit alone
And see the praised far off him, far above.
Shakespeare is not *our* poet, but the world's,
Therefore on him no speech;and short for thee,
Browning!Since Chaucer was alive and hale,
No man hath walked along our roads with step
So active, so inquiring eye, or tongue
So varied in discourse. But warmer climes

Give brighter plumage, stronger wing;the breeze

Of Alpine heights thou playest with, borne on

Beyond Sorrento and Amalfi, where

The Siren waits thee, singing song for song.

Walter Savage Landor (1775 – 1864)

I years had been from home

I years had been from home,

And now, before the door

I dared not open, lest a face

I never saw before

Stare vacant into mine

And ask my business there.

My business, —just a life I left,

Was such still dwelling there?

I fumbled at my nerve,

I scanned the windows near;

The silence like an ocean rolled,

And broke against my ear.

I laughed a wooden laugh

That I could fear a door,

Who danger and the dead had faced,

But never quaked before.

I fitted to the latch

My hand, with trembling care,

Lest back the awful door should spring,

And leave me standing there.

I moved my fingers off

As cautiously as glass,

And held my ears, and like a thief

Fled gasping from the house.

Emily Dickinson(1830 – 1886)

第三届译诗组得奖作

致白郎宁

陈次云　译

歌唱中有乐趣，虽然除歌手外
并没有一个人听见，在赞美中
也自有乐趣，虽然赞美者独坐
看受赞者遥不可即，高高在上。
莎翁不是我们的诗人，是世界的，
因此评他无语；寥寥几句给您，
白郎宁！自乔塞发扬蹈厉以来，
未曾有人走在我们的路上，步
如此矫捷，眼如此好问，或舌

的辩才如此丰赡。但风土更温暖
教羽毛更鲜艳，飞翼更健；您共
阿尔卑斯巅峰的微风游戏，乘风
横越索伦多和亚马非，来到妖姬
赛伦等您之地，一曲一曲相酬唱。

——兰道尔

多年我已经离家

陈次云　译

多年我已经离家
现在，人在门口前
我不敢打开，唯恐有一张
我从没见过的脸

茫然瞪着我的看
并问我来干什么。
只是来看，——我留下一条命，
那命可仍住这儿？

我摸索寻找勇气，
我查看附近窗儿；
寂静像一座大海洋翻腾，
怒涛拍打我耳朵。

我呆板地笑一笑，
笑我竟怕一扇门，
危险和死人我都面对过，
但颤抖从来未曾。

我将手战战兢兢
往门的门闩处搁，
唯恐往后可怕的门一进，
留我独立在那儿。

我把我手指移开
小心翼翼如玻璃，
然后捂住双耳，像个小偷
喘呼呼弃屋逃逸。

——狄瑾荪

给布朗宁

董崇选　译

歌唱是有乐趣的，纵使除了歌唱者
以外无人听见；赞颂也是有乐趣的，
虽然那赞颂者坐着，孤零零的一个，
瞧见被赞颂者远远离他，远远在上。
莎翁不是"咱们的"诗人，而是世界的，
因此不用说他；而简短给你几句吧，
布朗宁！自从乔叟尚且健在时以来，
走在咱们路上的，没有人脚步如此
活跃，眼光如此好奇，或者言语说词
如此变化多端。诚然较温暖的地域
会出较亮的羽毛，较强的翼；你戏玩
阿尔卑斯高冈上的和风，被携带着
越过了索连多和阿玛尔飞，在那里
赛伦女妖等着你，还答唱着歌对歌。

————兰德

我多年不在家

董崇选　译

我多年不在家，
如今，就在门前
竟不敢打开，因为怕
未曾见过的面

会茫然看我脸，
问我何事来此。
我的事——只离开一生，
此生仍然在此？

我摸索着勇气，
我细察着近窗；
寂静像海洋般滚动，
向我耳朵冲撞。

我木然笑一笑
我竟怕一扇门，
从前面对危险死亡
却从不抖动身。

我把门闩按好
我的手，打寒战，
生怕可怖门会弹回，
而留我那儿站。

我移开手指头
小心得像玻璃，
然后掩住耳，像小偷
逃离屋，喘着气。

——狄瑾荪

给罗勃·布朗宁

丁雍娴　译

有欢愉在歌唱里，虽然没人听见
除了歌唱的人以外；一样有欢愉
在赞誉里面，虽然赞誉的人独坐
看受誉的人离他遥远，高高在上。
莎翁不属我辈，而是世界的诗人，
所以不置评；那么给你短短几句，
布朗宁！自从乔叟健在之时以来，

没有人行走在我辈路上，有如此
活跃步伐，如此探究目光，或口舌
如此多变的言语。但和煦的气候
孕育出更亮的羽，更强的翼；你随
阿尔卑斯高山的微风飞舞飘扬
飞越过苏连多和阿马非，在那里
西冷女妖等你，为着你的歌咏唱。

——兰道

我离家许多年

丁雍娴　译

我离家许多年，
现在，在这门前
我不敢开启，免得一张
从未见过的脸

茫然地注视我
问我在那儿的事。
我的事——只是遗落的一生，
还住在那里吗？

我摸索着勇气，
扫视身边窗子；
静寂有如海洋一般翻腾，
在我耳边拍裂。

我木然地笑了
竟害怕一扇门，
这个曾面对危险和死亡，
却未惊摇的人。

我放手在门闩
因小心而战栗，
唯恐可怕的门向后弹开，
留我站在那里。

我把手指移开
战兢好像玻璃，
捣着耳朵，像小偷一样
屏气从房子逃离。

——狄金森

致罗勃·布朗宁

张芬龄　译

喜悦存在于歌声，虽歌者之外，
无旁人听见；喜悦亦存在于
赞美，虽然赞美者独自坐着
见受赞者相离甚远，遥遥在上。
莎翁非我们的诗人，是世界的，
且不论他；对你可要略表数句，
布朗宁！自乔叟夔铄在世以来，
无人与我们同路并行，以如此
雄健的步伐，如此探索的目光，
无所不谈的口才。然较暖的天候
孕育更亮的羽，更壮的翼；你与
阿尔卑斯峰顶的微风嬉游，随风
飘过索兰多和阿玛费；在那儿
海上女妖正唱着歌等你应和。

——蓝道

我已离家多年

张芬龄　译

我已离家多年，
而今，伫立门前，
不敢开启，唯恐一张
从未见过的脸

茫然地瞪视我
问我何事造访。
何事——只为留下的生活，
此物可还在那地方？

试着鼓起勇气，
走进窗口细瞧；
寂静像翻腾的大海，
在我耳际裂爆。

我木然地大笑
怎么怕起一扇门，
我这个曾出生入死
毫不畏怯的人。

我启动了门锁

我的手，小心翼翼，

怕这可怖大门弹回，

留我门前独立。

我将手指移开

谨慎如对待玻璃，

然后掩耳，像个窃贼

喘息逃离这屋子。

——狄金逊

致罗伯特·布朗宁

何功杰　译

歌唱自有乐趣，虽然无人听见

除了歌者自己；颂扬也自有乐趣，

虽然颂扬者独自坐着，明知

被颂扬者高高在上，离他很远。

莎翁不是我们的诗人，而是属于世界，

所以关于他无话可讲；只有片言送你，

布朗宁！自从神采奕奕的乔叟死后，
还没人迈着如此矫健的步伐，带着如此
好奇的目光沿着我们的路行走，也没有
如此能言善辩的唇舌。但是，气候
愈温暖，羽毛愈明亮，翅膀愈强壮；
阿尔卑斯山绝顶上的微风，任你搏击，
带着你，
飞越索伦托和阿马尔菲，
那里有海妖等着你，为你的歌而唱。

——兰多

注：索伦托和阿马尔菲是意大利南部两座滨海城镇，
均为旅游圣地，离那不勒斯港市都不远，而且两城之
间有蜿蜒曲折的海岸车道联结。两城都坐落在陡峭的
山坡之上，巉岩悬壁，俯瞰大海，景色如画。

我已经离家多年

何功杰　译

我已经离家多年，

此刻，我站在门前
竟不敢把门儿打开，
生怕有一张陌生的脸

茫然地看着我发呆
问我何事来到那里。
何事——只是想看看，我当年
留下的一段生活可还留居此地？

我在每一根神经中搜索记忆，
我仔细端详眼前每一扇窗扉；
寂静宛如翻腾的海浪，
在我的耳畔撞得粉碎。

我暗自一笑，木然地
因为我看见到一扇门竟害愁；
昔日我曾面临险境与死亡，
但从来也没有如此发过抖。

轻轻地，我拉上门闩，
双手颤动，小心翼翼，
唯恐那可怕的门弹回，

留住我让我站在那里。

我慢慢地挪开五指
像谨慎地挪动玻璃，
然后像小偷，捂住耳朵，
屏住声息，迅速地逃离。

——迪金森

歌出清风上，情怯古宅前

第三届译诗组综评

一

　　"文建会"与"中华日报"合办的"梁实秋文学奖"，今年已是第三届；其中翻译类的来稿，译诗组有二百八十九件，译文组有二百九十六件，堪称踊跃。奖金方面，各种名次都提高了一万元。至于得奖译者，背景各不相同：论学历则从夜间部四年级到博士；论现职则从中学教师到大学教授；论年龄则从二十二岁到五十三岁；论地区和国家则包括中国台湾、中国大陆、美国，就台湾而言，更遍及北、中、南、东四部；论性别则接近男女各半。从各方面来看，皆可谓分布广阔。要是梁先生知道了，想必也会欣慰。

本届译诗组的两题均为完整的诗篇，不像上届，两题都是摘自长篇作品。上届二诗均为十八世纪之作，本届二诗均为十九世纪中叶所写。若论诗体，则上届一为英雄式偶句，一为无韵体。本届二诗，仍有一首为无韵体，另一首则为分段整齐的四行体。上届二诗的作者颇普与华兹华斯，都是公认的大诗人；本届的兰道与狄瑾荪，虽然也各有千秋，但其地位则见仁见智，尚非公认的诗宗。

二

　　《致白郎宁》（"To Robert Browning"）是一首无韵体的短诗，发表于一八四五年：当时作者兰道已经七十岁，而受者白郎宁（1812—1889）只有三十三岁。赞者（the praiser）与受者（the praised）之间差了三十七岁，论辈分，兰道是前辈而又前辈，真可谓忘年之交。因此，第一名陈次云教授把前辈称晚辈的 thou, thee 译成"您"，不合实际情况。同理，诗题译为"致白郎宁"固然没错，可是显得拘礼了些。唐人在同辈之间写诗相送，往往用"赠""寄"便可，例如杜甫的《赠卫八处士》，李白的《赠汪伦》及《沙丘城下寄杜甫》。陈译未察作者和受者的关系，乃有"您"与"致"之称，不能算错，但是不够妥帖。

前四行译得十分稳健，出手便佳。只有"并没有一个人听见"不太自然，因为"并"字有点像填空。若作"没有一个人能听见"，或许稍好。第五行的 our 既与 the world's 相对，当然是指"英国的"。此行以"是世界的"作结，固然贴近原文，但收句的语调嫌弱，尤以虚字垫底为然。如果不拘直译，此行或可稍文一些，变成"莎翁不属我国的诗坛，属于天下"。

第六句前半作"因此评他无语"，"评"字未尽贴切。speech 本身是中立的字眼，不含贬意，何况是承前文 praising 而来，更不可"评"。加以后文全是赞扬白郎宁，可见 short（speech）必是褒词。比较之下，这半句的中译仍以董崇选的"因此不用说他"和张芬龄的"且不论他"较佳。其实前文四行一直在说"歌颂"（singing, praising），此地又说莎翁已经名满天下，不用国人着力鼓吹了，所以 speech 只有褒意，更无贬词。这半句若有意点明，简直就是"且不用多赞"。这么一来，后半句也大可顺势而下，译成"对你也不妨简短"。

第七句的"发扬蹈厉"，对付单纯的 was alive and hale，似乎文了一点，却非常有力，也有同义对仗之功。第八行的 our 与第五行的 our 一样，都是指英国的诗坛。陈译"未曾有人走在我们的路上"一点也不错，但是不够气派，而"我们的"也不很明白。若要放开一些，不妨说是"未有谁走过诗坛的（或英诗的）大道"。

紧接着的半句表面上赞扬白郎宁的脚、眼、舌，其实等于在赞扬他的生活经验，人性观察，文字变化。Discourse 就是 speech，此地应无"论说""辩才"等深意，因为篇末赛伦（Siren）要跟他答和的，是歌，不是辩论。诗人写诗，原本就是把 speech 提炼为 song。这半句的三个单音字 step，eye，tongue，陈译也作单音的"步""眼""舌"，朴素而又忠实，可惜节奏稍嫌紧促，而第九行且因此比他行少了一拍，听来有点唐突。加以"眼如此好问"失之直译，纾解之道，或可变通如下：

自乔叟发扬蹈厉以来，
未有人走过诗坛的大道，步伐
如此矫捷，眼光如此明察，口才
如此地穷极变化。

前文将白郎宁比拟乔叟，大有四百年来第一人之概。早在"白郎"三十三岁之初，老诗人竟然一口咬定他直追前贤，真有胆识。白郎宁与夫人私奔欧陆，长住佛罗伦萨。第十行的"风土更温暖"当然是说意大利，也是白郎宁专精的文艺复兴之乡。Climes译成"风土"，甚佳。Give brighter plumage, stronger wing译成"教羽毛更鲜艳，飞翼更健"，句法也很灵活，"教"字尤佳。不过"艳"和"健"都是去声，以此连断两句，太急促了，不妨改成"鲜明"之类，缓和一下。

第十二行的"峰""风""风"三字同音，应该避免。Breeze大可译为"清风"，当较"微风"生动；可惜本届得奖六人，一律译成"微风"。同时，"共微风游戏，乘风……"的句法也有点别扭。索伦多（Sorrento）和亚马非（Amalfi）是那不勒斯附近的两个小镇，一八四四年白郎宁曾往一游，并写入诗中。兰道此诗作于一八四五年，恰为白氏壮游之次年，实有其事，却写成凭虚御风，古典诗往往如此。不过"横越"常指迤长或广阔之地理而言，例如横越秦岭或戈壁。索伦多和亚马非只是两个据点，却不便横而越之。

赛伦善以歌声惑人，据说共有三位，因为奥德修斯不为所惑，竟皆投海自溺。其中一位名叫巴瑟诺琵（Parthenope），尸体冲上那不勒斯的湾岸，遂以命名该城。所以作者要说，赛伦在索伦多和亚马非以南的海上等待白郎宁，大有比赛谁的歌声更加动听之意，对这位青年诗人真是够捧的了。本诗以歌唱始，复以歌唱终。只是篇首的歌者原是兰道，一番转折之后，到了篇末，歌者却变成白郎宁了。

《赠白郎宁》是一首非常精炼的无韵体。译文不用辛苦押韵，句法比较自如，但是原文"抑扬五步格"的节奏与句长，仍应保持。许多参赛的来稿，各行长短无度，甚至把行数妄加增减，对于原诗之为无韵体，似乎一无所知，或是不很在乎。那样译诗，当然难成正果。

陈译谨守原诗体裁，原诗十四行中有九行是回行，陈译依之。句法的吞吐开阖，片语的先后次序，陈译也都亦步亦趋，中规中矩。原诗每行十个音节，陈译稍稍放宽，以十二字为度，而以十三字与十一字为上下限，整齐中有弹性。综而观之，他对英文充分了解，对中文则驾御有方，句法整齐，节奏流畅，译笔已臻上乘。

三

狄瑾荪的诗不像兰道的那么引经据典，文字也似乎比较单纯，其实却更不好译，原因有三：第一狄诗押了韵；第二句子较短，译者缺少回身的空间；第三文字单纯，译文不便玩弄花样。在段式（stanzaic form）上这首诗还有一个特点，那便是每段的第三行长于他行，有八个音节，谓之"抑扬四步格"（iambic tetrameter）；其他三行一律只有六个音节，谓之"抑扬三步格"（iabic trimeter）。这在四行体（quatrain）中是一种变体，但译者不能不译。

陈译对此已有充分照应。他把第三行延长成十字，比例上是长了些，但是多了回旋的空间，总是方便。不过这首诗他译得不像上一首那么出色。第一段为了押韵，before the door 译成："人在门口前"，不很自然，或可改成"人到了门前"。

第二段未押韵，而且后两行译得不妥。"我留下一条命"会令读者以为诗中人已经成鬼，变成"诗中鬼"了。最后这一行半当真难译，令无数英雄跌了跤。无奈之余，也许可以改成："我留下的一生／是否还住在此地？"相对地，本段第二行也可以改成"并问我是何来意"。这样，也就押了韵。

第三段又未押韵，也许可将"窗儿"改成"窗户"，"耳朵"改成"耳鼓"，算是解决。首行的 I fumbled at my nerve 不太好译，"我摸索寻找勇气"失之直译，不够自然。不如索性意译，成为"我急忙鼓起勇气"

或是"我连忙壮一壮胆"。同时,海洋说成是"一座",不很妥当。不妨说"寂静像一片汪洋在翻腾"。

第四段末行的"但颤抖从来未曾",为了押韵而倒装句法,未可厚非。或可稍加意译,说是"如此颤抖却不曾"。第五段的中间两行:"往门的门闩处搁/唯恐往后可怕的门一逬",颇为生硬。同时,二、四两行的韵:"搁""儿",也押得不稳。也许如下的安排可以解决:

> 我伸手按住门闩,
>
> 带着谨慎的颤抖,
>
> 唯恐可怕的门往后一弹,
>
> 留我独立在门口。

末段首行"我把我手指移开",第二个"我"字多余。英文的所有格,在中文里常无必要。这一行或可译成"我把手指头移开",不然稍加意译,可作"我把手指缩回来"。次行"小心翼翼如玻璃"似乎太过精简,含意不清。但是原文本就如此,而保持本来的"说法",正所以保持原文的特殊风格。如果稍加意译,也可以说"小心如对待玻璃"。末行"弃屋逃逸"比原文要文得多,但为了要和"玻璃"押韵,也莫可奈何。翻译如政治，复如婚姻，常是妥协的结果。

陈次云教授二十年前就已译过《鲁拜集》(*The Rubaiyat*)，近来又致力翻译浩司曼(A.D.Houseman)的作品，可谓资深译家。本届他能赢得译诗组的冠军，实非幸致。

四

董崇选教授的译诗赢得第二名，当之无愧。陈译的句长以十二字为度，董译则一律为十四个字。句长放宽了，当然便于周转，但是太宽了，游资太多，也会出现垫字赘词，所以利弊互见。例如次行的"以外无人听见"、第三行的"孤零零的一个"、第十行的"诚然较温暖的地域"等等，便是句法放长的结果，且会显得接近散文。同时，像"自从乔叟尚且健在时以来"之类的句法，在诗中也嫌松弛了一点。

董译所以比较散文化，另一原因是虚字结尾的句法较多。例如前两行接连两次"是有乐趣的"，然后又是"咱们的""世界的""咱们路上的"，加上"给你几句吧"，都有口语的亲近，却乏古典的矜持。兰道身在浪漫时代，却是一位古典诗人，修养与风格十分"拉丁"。他不但在体裁上和主题上时常借重古典，甚至在实际写诗的时候，也往往用拉丁文起稿。因此兰道写的是古典诗，不是"白话诗"，这首《赠白郎宁》也不例外。也因此，"咱们的"一类白话带方言，不很合适。

第三大句里的单音字 step 与 eye 译为"脚步"与"眼光"，甚佳。但是 tongue 与 discourse 二字译为综合的"言语说词"，一连四个同义字（至少是两个同义词）却有点重复难解，想必也是句长之累。第十一行不很自然："出"不如"生""长"；而"较"也不如"更"。

第十二行末的"被携带着"有两点不妥：一是被动语气，二是虚字结尾。前一句方赞白郎宁凭虚御风，与造物同游，是何等气魄；后一句却反主为客，竟然"被携带着"，又是多么反高潮。若改成"一路飞扬"，意思仍旧相近，却可一举而破被动与弱句之围。

末行的"还答唱着歌对歌"也有点欠妥，因为时间似乎早了些，而意思上有点不清。不妨考虑这样的译法："赛伦女妖等你去答唱，一曲对一曲。"句末原可作"歌对着歌"，但是若依董译的句长，少了一字。

五

董译的前一首比陈译略逊，但是后一首比陈译稍佳。

有趣的是：前一首的句长（line length），陈译设在十二字，董译放成十四字；后一首的句长，陈译排成七、七、十、七，董译却缩成六、六、八、六。相比之下，陈译趋于中庸，董译则大幅收放，不知这是否性情不同之故，一笑。

"我多年不在家"其实可以意译为"离家多年"，不过狄瑾荪的诗并不准备发表，所以一律无题，而以首行为题，若经意译，恐难还原。董译的第二段，仍然苦于末二行，却比陈译为优。若图读者易解而又不避过分意译，勉强可说："我的事——历历的（或一生的）往事／是否仍然在此？"

第四段有二处不妥。其一是"危险死亡"，好像是说一件事。应该在中间加一逗点。其二是"却从不抖动身"为押韵而造句，很不自然。也许可以改成"却从来不怯阵"。若不用"怯阵"，也可以考虑"惊魂"或"逃遁"。当然，第二行也不妨改成"一扇门也畏惧"，如此，则末行就可以换韵了，例如"却从来不心虚"。

第五段前两行是半倒装句，说顺了，便是 I fitted my hand to the latch with trembling care，董译似乎不察，把它分开来看了。从上下文推断，门闩应是在外面拉开。如此，则 Lest the awful door should spring back 不是怕门"弹回"，而是怕它"弹开"。一弹开，浪子就孤零零地站在门口，立刻面对门内过去的岁月了。所谓 there 正是门口，不如直接译出，而不笼统地说"那儿"。

末段译得很好，fled from the house 译成"逃离屋"，也没错。问题是中文本来绝无"逃离"一词，只说"逃出"。目前中文报刊上流行说"逃离伊拉克"而不说"逃出伊拉克"，不但违背习惯，而且以繁代简。实在不智。何况"逃出"有突围的纵深感，"逃离"却片面得多。说来说去，就是拘于介词 from 之故。所以如能稍加意译，末行不妨改成："逃走，猛喘着气。"

六

第三名丁雍娴女士所译的《赠白郎宁》，把句长限定为十三字，介于陈、董之间。其结果，是句法相当从容，但是仍觉松了一点，几乎每一行都可以再省去一字。例如"除了歌唱的人以外"，就大可浓缩为"除了歌唱的人外"，又如"那么给你短短几句"，也不妨改成"且赠你短短几句"。

丁译的第五行:"莎翁不属我辈,而是世界的诗人",比陈、董都老到,十分难得。"我辈"在这一行很恰当,但是到了第八行就有点问题。No man hath walked along our roads……用的动词是现在完成式,其间的经历在四百年以上,名家辈出,代有才人,因此 our 包罗之广,凡乔叟以来,莎翁之外,皆在其中,并不限于"我辈",何况白郎宁还是作者的晚辈。

第十一行的 give 短而有力,丁译作"孕育出"。不但嫌长,也太迂缓。行末的"随"字不足以尽 play with 的主动与洒脱;不妨试用"驾""鼓""挟"之类的字眼。第十二行末应有逗点。末行的"西冷"颇有诗意,可惜译音不确。"为着你的歌咏唱"乃是误译,太可惜了,否则丁译的这一首不会逊于董译。

狄瑾苏女士的一首,丁女士也译得极佳,甚至应当胜过陈、董。不幸的是:末行 Fled gasping from the house 译成了"屏气从房子逃离"。gasp 一字当不及物动词,意为"喘气"或"呼吸困难";当及物动词,后接 out,则是"喘息而言",皆无"屏气"之意。何况惊恐而逃之际,喘气都来不及了,怎能屏气?本届来稿之中,译成"屏气"者大有人在,恐怕是被坊间的英汉辞典所误。

丁译将每段的句长定为六、六、九(或十)、六,相当整齐，句法也颇畅顺。可惜二、三两段没有押韵。不过除了"屏气"一词外，各段均无谬误。第四段第三行若改成"我这面对过危险和死亡／却未惊怯的人"，所指当更清楚。本诗原文用了三次 there，丁译和许多来稿一样，都译成了"那儿"或"那里"，未免拘泥字面，甚且难明所指。例如第五段的"那里"，就不如明言"门口"；至于"战栗"，只要改成"颤抖"，就押韵了。

七

佳作之一的得主张芬龄，所译《赠白郎宁》一诗，无论在句法、词藻、格律上，均属上乘，不逊于前面的三位。可惜她在译另一首时，失误较多，损及整体的成就。

前一首诗的译文，除了将第九行末的 or tongue 并入第十行，并将末行的句法重组之外，对原文的开阖顿挫可谓亦步亦趋，照应周严，而第九行与末行的重组，也足见译者应变有方，手腕灵活。把 Siren 译成"海上女妖"虽然侧重意译，却方便了读者。不过原文的末句在中间有个逗点，形成节奏上的一顿

（caesura）。张译不用逗点，失去这一顿，也少了袅袅的余音。

第四行"见受赞者相离甚远，遥遥在上"，其中，"远""遥"意思重复，而"遥遥在上"又不如"高高在上"那么自然。比较之下，陈次云教授的"遥不可即，高高在上"仍然棋高一着。第八行的"无人与我们同路并行"，在字面上并没有错，但是其中的真意未尽曲达给读者，原因已详前文的评析。第十一行的"孕育"与丁译相同，稍欠原文 give 的简劲直接。（有趣的是，六位得奖人中，将此字译为"孕育"的二位，均为女性。）除了这些小疵外，张译实在无可挑剔。

《离家多年》的第二段末行，把 such 坐实为"此物"，失之拘泥，不但害得原应六字的短行凭空多出两个字，而且沦旧情往事为"物"，乃一大失策。第三段首行译成"试着鼓起勇气"，灵活可取。可是第四段首行 I laughed a wooden laugh 译成"我木然地大笑"，不妥。Laugh 不同于 smile 或 grin 之类，固然是有声之笑，却不一定就是大笑，而当笑者表情木然之际，尤其不会。同时，"木然"本身已经是副词，"然"在中文的文言里正是表示副词的尾式，再加上白话的"地"字，未免文白相杂。不过同段的末两行，把 had faced danger and the dead 译成"出生入死"，虽然失之简化，有点讨巧，却赢得流畅，显得灵活。

第五段的前两行，张译为"我启动了门锁／我的手，小心翼翼"。此地译文犯了两个错。其一是把"我的手"跟前文分开，文法不清。其二是 latch 的问题。此字在英文里确有"门闩"与"门锁"二义。原句是 I fitted my hand to the latch，可见是伸手去掌门闩，准备拔闩出槽，却尚未拔。如果是门锁，通常会说 I fitted my key to the latch（lock）。退一步说，就算是门锁吧，也只能说是伸钥入孔而已，绝未启动，否则后文的担心岂非太晚？另一旁证是末段首行所说的"缩回手指"，不是"抽回钥匙"，可见手里一直是空的，只能拔闩。还有一点，就是既已离家多年，手头是否还有当年的旧钥，也大有问题。

八

佳作之二的得主是在安徽大学外文系任教的何功杰先生。这是大陆学者第一次获得梁实秋翻译奖，梁公地下有知，想必也感到欣慰。

何先生译的《赠白郎宁》比起前四名来，显然要逊色不少。最触目的，是他对英诗无韵体的安排。原诗句法的开阖，也就是回行与煞句（run-on or end-stopped lines），何译大致都知所遵循。可是对于句长，译者却不很在意，其结果是短则十一二字，长则十五六字，不但参差不齐，破坏了无韵体最基本的规矩，而且坐令长句沦为散文化之境地。例如"所以关于他无话可讲"，就不太像诗。而 with step so active 四个字译成"迈着如此矫健的步伐"，也太长了，难怪句长要失控。

开头四行译得很好，"歌唱自有乐趣"尤为老练，把 see 译成"明知"，也通达可取。"高高在上，离他很远"固然流畅而浑成，可是颠倒位置，毕竟不是正规。Alive and hale 译成"神采奕奕"，是套成语的方便，未可厚非；可是"死后"两字却是蛇足之憾，颇煞风景。

第八、九、十这三行以 with step……eye……or tongue 为副词片语，来修饰动词 hath walked，其中 step, eye, tongue 三词平行。何译却用主句把 or tongue so varied in discourse 跟前二词的片语隔开，破坏了平行，语意也因而不清。第十二行的 playest with 译成"搏击"，也是含意不清：大概是把"搏击"

和庄子"搏扶摇而上者九万里"之句混为一谈，而又笔误之故。末行 singing song for song 译成"为你的歌而唱"，亦误。前文说白郎宁沿英诗的大道健步而行，谈吐风生；又说南国地暖，白郎宁羽翼遂更丰鲜，暗示他已经由行者变成了飞者，而谈吐（discource）也已提高为歌吟（song），所以善歌的赛伦女妖要在那不勒斯的外海，等他去比赛唱歌了。

《离家多年》的何译对于狄瑾荪三短一长的段式，并未认真译出，因此长短句之间会相差五字之多，而每段的第三行也未长出他行。跟《赠白郎宁》那首一样，这一首的句法也常见散文化的松懈。例如第四段末二行吧："昔日我曾面临险境与死亡，／但从来也没有如此发过抖。"每行十一字，实在太长，也太整齐，不能表现原诗急转直下的跳跃之姿。其实何译只需稍加浓缩，便像原句了：不妨改成："我曾经面对险境与死亡，／但从未如此发抖。"

第五段前两行译成"轻轻地，我拉上门闩，／双手颤动，小心翼翼"，是大误。首先是把 my hand 跟上句分割，没有看懂文法。同时，只有一只手伸出，不是双手。至于门闩，是本来拉上拴好的，要开门的话，只能拉开门闩，不能拉上。末行的"屏住声息"也是误译。

九

佳作之三的得主许淑茹小姐还是一位四年级的学生，有此成绩，真是可贵。

《赠白郎宁》一诗，她译得几乎没有错误。只可惜她对"抑扬五步格"的常规不够留意，一任诗行各自为政，短者只得九字，长者多达十五六字，不像严整的无韵体了。

第四行"看着遥远崇高受他赞美者"，强把原文次序颠倒，读来急促而生硬。第五行太长太松，像是散文。第六行"因此对他没有评论；于你则简短带过"，也嫌长了。前文说的非歌即颂，并无一语涉及贬抑，所以紧接着说：莎翁已经名扬世界，不用我们英国人自己去捧了。第六行的 speech 因此也不是"评论"，反而是褒词。如果"评论"一词能够成立，则对白郎宁的简短赠词岂不也成了评论？而其实后面的八行对白郎宁只有歌颂，更无其他。至于"带过"一词，显得草草了事，无心细说，但后文却又一颂到底，足见这两字用得不当。第十二行"微风任你玩赏，乘着微风／越过索伦多和阿马发……"文法上显得青黄不接。微风既是主词，当然可以"任你玩赏"，却不能"乘着微风"。所以"乘着微风"不如改成"载着你"，以便承上启下，同时也不悖 borne on 之意。

末句"海上女妖等着和你互相对唱"，译得颇佳。一般参赛的来稿把这句都译错了。

《离家多年》这一首，许译虽有多处不足，却没有犯什么错，实在难得。但是在段式上，原文一长三短的安排，许译并未贯彻始终。至于逢双出现的韵脚，许译也一概不理，当然省事得多。

第二段首行的 mine 是指 my face，许译作"我的双眸"，固然也差不多，却不够精确。第三段首行"我搜索着我的勇气"不很自然，所有格"我的"也嫌累赘。其实许译末段的两个"我的"同属多余，宜皆删去。第五段前两行译成"我将手放在门闩上，／带着不安的颤抖"，十分高明。这两行，在她前面的五位得奖人里，只有两位译对了；而两位之中，只有一位译得像她这么好。

可惜紧接的一行说："深怕可怕的门突然弹开。"后半句译得很精彩，比来稿中常见的"弹回"好懂得多。前半句的"深怕可怕"重叠不清，如果改成"深恐可怕的门突然弹开"，就清楚多了。末段第二行"像挪开玻璃器皿般小心翼翼"，比起原文的直截了当来，未免冗长如散文，不妨缩成"小心如挪开玻璃"。第三行"及捂住我的耳朵"也嫌啰嗦，"及"字用来连接两个动词，尤其西化失当；大可改成"并捂住耳朵"。

十

曾有译者来信指出：这首《离家多年》（"I years had been from home"）与近日美国波士顿 Little, Brown & Co. 出版的狄瑾荪全集中所载者，颇有出入，问主办梁实秋翻译奖者所据何本。按本届悬为译题的此诗，乃选自马西森主编的《牛津版美国诗选》。（F.O.Matthiessen：*The Oxford Book of American Verse*, Oxford University Press, 1952）美国许多重要的选集（例如 Conrad Aiken 所编 *Selected Poems of Emily Dickinson*；Oscar Williams 所编 *The Pocket Book of Modern Verse*），采用此诗，字句与标点都和本届译题所据者完全一致。

一九九〇年九月于西子湾

第四届译诗原文

To the Evening Star

Thou fair-hair'd angel of the evening,

Now, while the sun rests on the mountains, light

Thy bright torch of love;thy radiant crown

Put on, and smile upon our evening bed!

Smile on our loves;and, while thou drawest the

Blue curtains of the sky, scatter thy silver dew

On every flower that shuts its sweet eyes

In timely sleep. Let thy west wind sleep on

The lake;speak silence with thy glimmering eyes,

And wash the dusk with silver. Soon, full soon,

Dost thou withdraw;then the wolf rages wide,

And the lion glares thro' the dun forest:

The fleeces of our flocks are cover'd with

Thy sacred dew:protect them with thine influence.

William Blake (1757 – 1827)

Watch Repair

A small wheel

Incandescent,

Shivering like,

A pinned butterfly.

Hands

Pointing in all directions:

The crossroads

One enters

In a nightmare.

Higher than anyone

Number 12 presides

Like a beekeeper

Over the swarming honeycomb

Of the open watch.

—Other wheels

That could fit

Inside a raindrop,

Tools

That must be splinters

Of arctic light...

Tiny golden mills

Grinding invisible

Coffee beans.

When the coffee's boiling,

Cautiously,

So it doesn't burn us,

We raise it

To the lips

Of the nearest

Ear.

Charles Simic(1938 -)

第四届译诗组得奖作

告金星

贾祥久　译

您金发秀美的黄昏的天使啊，
现在太阳已落在山上，燃起您
明亮的爱之炬；戴上您璀璨的
皇冠，将微笑洒在我们的睡床！
将微笑赐给我们的所爱；当您
拉起天空蓝幕，将您银色露珠
撒在闭上甜美眼睛及时入睡
的每朵花上。让您的西风睡在
湖面；用您朦胧双眸说静下吧，

并将薄暮用银水洗过，快，真快，
您真要隐去；那时野狼在怒嗥，
狮子目射强光穿过幽暗森林：
我们羊群的羊毛覆满您神圣
露珠；用您的法力保护它们吧。

——布雷克

修　表

贾祥久　译

小小齿轮
灼灼发光，
颤巍巍像
一只钉住的蝴蝶。

指针
指向四面八方：
交叉路口
一个人在梦魇中
进入其中。

高高在上
数码 12 控制全局
像一养蜂人
俯临打开的表
的拥挤的蜂巢。

——别的齿轮
大可安放在
一雨滴之中，

工具
那一定是
北极光的碎片……

小巧金色磨粉机
研磨着隐形的
咖啡豆。

当咖啡煮沸了，
小心翼翼地，
这样它才不会烫到我们，

我们将它端起
送到最靠近的
耳朵的
唇边。

——席密克

致晚星

傅浩　译

你这黄昏时分的美发璨然的天使，
快，太阳已栖息在群山之上，燃起
你明亮的爱之火炬；你辉煌的华冠
也戴起，含笑俯瞰我们黄昏的床榻吧！
眷顾我们的恋人；并且，当你拉上那
天空的蓝幕时，请把你如银的露水
遍洒在每一朵闭合着甜美的眼睛
按时入眠的花儿身上。让你的西风安睡
在湖面上，用你闪烁的目光倾诉谧静，
用水银把暮色冲洗。匆匆，太也匆匆，
你即将隐退；然后是那狼嗥旷野，

狮子目光灼灼，穿行于幽暗的森林：
我们的羊群身上披盖着你那神圣的
甘露：请用你冥冥的力量将它们佑护。

——布雷克

修　表

傅浩　译

熠熠生辉
一枚小轮盘，
瑟瑟抖颤
像一只钉住的蝴蝶。

指向八方的
表针：
人在梦魇中
步入的
歧路。

高高在上

十二点
像一位养蜂人
统治着密匝匝的蜂房
——那打开的手表

其余的齿轮
或许可以装入
一颗雨珠

各种工具
肯定是北极光的
碎片……

微型的金色磨坊
研磨着看不见的
咖啡豆。

咖啡煮沸的时候，
小心翼翼地——
以免烫着——

我们端起它

送到最近处的

耳朵的

唇边。

——希密克

致夜星

林为正　译

我那属夜之金发天使啊

趁斜日休憩于山脊，燃起

爱情明亮的火炬；把光灿的皇冠

戴上，并向我们的夜床微笑！

为我们的爱情微笑；当你拉起

苍穹的蓝幕，请撒下你那银露

于每一枝合上芳眼的花朵

好睡方始。让你那西风安眠

于湖水；诉静谧以灵动的晶眼

濯暮色以银光。倏乎一瞬

你便飘逝；天狼随之嚚盛

天狮之怒目透幽林而扫来；

依偎身边的羊群，毛上覆满
你的圣露；护之以你的神力。

——布雷克

修表记

林为正 译

一只细轮
灼灼有光
颤动如
针上扎的蝴蝶

指针
信手乱比：
这路口
何处有
只在恶梦中

号码十二
比谁都高

有如养蜂人
统领整窝嗡嗡攘攘的
一只拆表

——有些轮子
可以安入
一颗雨滴

有些工具
八成削取
自极光……

金黄小磨坊
研磨着无形的
咖啡豆

咖啡滚了
小心
别烫了自己

端一杯
就近给

身边的耳朵

一口

——西密克

致太白星

罗章兰　译

您是黄昏的金发天使

现在日正落在群山上，燃起

您爱的亮炬吧，您灿烂的冠

带上，而对我们黄昏的床微笑

对我们的爱微笑，又当您拉下

天的蓝幕时，让您的银露散落

在每朵花儿，闭着甜甜的眼

依时睡去，让您的西风酣睡

在湖面，您闪亮的眼在倾诉静寂

用银色洗染薄暮。很快，太快了

您便隐去，然后豺狼四窜

狮的怒视又透过昏暗的森林

我们羊群的毛已沾满了

您的圣露，愿您以法力庇佑它们

——布雷克

修　表

罗章兰　译

一小轮子
发亮的
颤震着，好像
被针固着的蝴蝶

指针
指着所有的方向
那些交叉路
一个人走进了
梦魇

比谁都要高些
12 号高高在上

像养蜂者
俯过拥满的蜜蜂巢
就是打开的表

其他的轮子
都可以安装在
一点雨水内

工具
定是些碎片
北极光的
数个小金磨
磨着看不见的
咖啡豆

当咖啡煮沸时
小心地
不要被烫着

我们举起它
到唇边

那却是最近的
耳朵

——辛默

致黄昏星辰

何功杰　译

您　黄昏时刻的金发天使，
此刻，当日歇西山，燃起您
爱的煌煌火炬；璀璨王冠
戴上，对我们的夜榻微笑！
对我们的爱人微笑；当您
拉上蓝天幕，把您的玉露散布
在阖媚眼按时睡的　每朵
花身上。让您的春风睡在
湖上；用闪闪目光表示沉默，
用银辉涤荡尘埃。不久，您
倏然离去；那时狼怒逞狂，
狮目炫光穿透冥冥深林：

您用圣露覆盖着羊群的

羊毛：用您的影响力卫护他们。

——布莱克

修　表

何功杰　译

小小轮子

白光闪闪

颤抖着像只

蝴蝶钉在墙上。

手

指着各个方向：

十字路口

一人上

恶梦中仿徨。

12号的位置

比谁都要高
像位养蜂人
统管着哨口洞开的
拥挤蜂巢。

——别的轮子
可以装进
一滴雨点中，

各种工具
定是支离的
束束冷光……

金黄的微型研磨机
碾着看不见的
咖啡豆。

当咖啡煮沸了。
小心地，
以免烫着我们，

我们把它

举到

最近的耳朵

唇瓣。

——西米克

致夜星

单德兴　译

你，夜晚的金发天使，

此时，太阳憩息在群山之上，点燃

你明亮的爱的火炬；闪亮的冠冕

戴上，并以笑脸俯视我们夜晚的床！

以笑脸俯视我们的爱人；你拉下

天空的蓝幕时，祈请洒落银露

于朵朵闭上美目早睡的花。

让你的西风睡在

湖上；用你闪烁的眼神诉说沉寂，

并以银白清洗薄暮。快，很快地，

你隐身；于是，狼在四野狂哮，

狮子的怒目穿透阴暗的森林：

我们羊群的羊毛沾满着
你圣洁的露水：祈请你的威能护佑羊群。

修　表

单德兴　译

小齿轮
白闪闪的，
颤抖着，如
钉住的蝴蝶。

针
指着四面八方：
梦魇里
踏上的
十字路口。

高高在上的
数字 12
如养蜂人般
君临蜂拥的巢穴——

打开的手表。

——其他齿轮
能摆入
一滴雨珠里，

工具
想必是北极光的
毫芒……

小小金色磨粉机
磨着看不见的
咖啡豆。

咖啡煮沸时，
小心地，
免得烫伤自己，

我们端到
最近的
耳
的双唇。

金星与金磨坊

第四届译诗组综评

一

第四届"梁实秋文学奖"翻译类，由彭镜禧教授、黄文范先生和我担任评审委员，已于八月十九日决审完毕。这一届的译题似乎比前几届容易，结果三位评审委员从上午九时开始决审，经过细心比较，反复研讨，直到下午七时半才告结束，耗费的时间反而倍于往届。

二

本届译诗的第一题是英国浪漫派大诗人布雷克

的前期作品，收在他最早的集子《诗稿》(*Poetical Sketches*) 之中，出版于一七八三年，当时他才二十六岁。这首诗在体裁上是十四行的变体，既不押韵，又多回行，而且段落并不明显，读来很有"无韵体"的味道，所以在译文里颇难把握句法与节奏。

我说此诗乃十四行的变体，另一原因是每行的音节并不规则，未能谨守"抑扬五步格"，例如第六行与末行均有十二个音节，而首行与第七看起来虽然各为十个音节，但是读起来其实只有九个。此外第十二行的重音几乎完全放错；第六行的 scatter 也是一个倒重音。至于第五行以 the 殿后，就算在"无韵体"的回行里，也是绝无仅有。

总而言之，布雷克的这首十四行不但是变体，而且是大变特变，诗，是好诗，却非当行本色的十四行。和雪莱一样，布雷克写起十四行来，是个外行。他写此诗的年龄，也和雪莱一样，只有二十几岁，诗律未臻圆熟。所以在诗行的长度上，我无意苛求译者。但在另一方面，本诗的独特句法，包括八个回行，和行中八处大大小小的断句（例如 Thy bright torch of love ; thy radiant crown 可谓小断句，而 In timely sleep. Let thy west wind sleep on 可谓大断句），译者确应亦步亦趋，保留原文真确的面貌。

也因此，来稿之中凡是把原诗的行数擅加增删，把原诗的回行与行中断句擅加更改，或是把逆句（例如 thy radiant crown / Put on）理成顺句，对于原作都有失忠诚，为评审委员所不取。同时，在译文里诗行若超过字数的合理弹性，忽长忽短，伸缩无度，那就不是灵活而是失控，甚至不负责任，更不为评审委员认可。

三

诗题里的 evening star 是黄昏星，往往是指特别耀眼的行星金星或水星，尤其是金星。但是在这首诗里它当然是金星，因为英文的 Venus 既是金星又是爱神维纳斯，而本诗的主题正是情人向爱神的祈祷。第一名贾祥久先生把诗题译成"告金星"，直指其为 Venus，是对的。"告"字也没有错，因为在告示、通告等义之外，它也有请求、禀告之意。不过在现代用语中，"告"已渐失对上之意；为免误会，若用"祈"一类的字眼，可能更妥。

贾译每行均用十二字，非常工整，颇为可贵。在这样的自限下，译文大致自然，也很难得。只是首行的"秀美"有点像垫字，却也无伤大雅。倒是末行的

"吧"，将紧迫的祈祷语气冲淡了。本诗对爱神一连提出九个请求，语气十分恳切，到了第九个请求时，狮狼窥伺，颇形危急，不宜用"吧"作结。

"戴上您璀璨的皇冠"将原文的 thy radiant crown put on 由逆句改成顺句，有助流畅，却稍欠忠实。Smile upon 和 smile on 两句很不好译，因为 smile on 在形象上是"微笑"，但在含义上却是"眷顾""降福"。贾译的这两句大致称职，但未能曲尽含义。在这方面，傅浩所译似乎稍胜一筹。

第七行的 sweet eyes 译为"甜美眼睛"，并没有错，但是不尽妥帖。英文的 sweet 不一定是甜，就花而言应该是香，就眼睛而言，可能是可爱、动人。所以七、八两行不妨译成"撒在闭上了美目及时入睡的／每一朵花上……"这么一来，节奏较有弹性，也可以避免把"的"字放在行首。

第九行的 glimmering 译成"朦胧"，甚确。许多来稿都误为"闪亮"，太粗心了。此字既状眼色，也许译为"惺忪"更好。同一行的 speak silence 不但是耐人玩味的"矛盾语法"，而且包含三个 S 的齿音，更加上行末的 eyes 与次行的 wash, dusk, silver, soon 等字，一片嘶嘶，寂静之感油然而生。贾译"用您朦胧双眸说静下吧"有误，因为 speak silence 是"诉说寂静"，并不是要谁静下来。

第十一行的 then 译成"那时"，似乎是说过去了，不如译成"于是"。第十三行的"羊群的羊毛"重复得不妥，就像说"星群的星光"一样。末行的"法力"是佳译，但是后面的"保护"不如改成"保佑"。

四

《修表》是一首现代的自由诗，语言新颖，意象生动，节奏灵活，用小巧的形式来描绘表中机件的小巧。主题与形式泯为一体，译文更应亦步亦趋。

贾译的首段颇佳。次段的末二行均以"中"字结尾，应加避免，或可译为"一个人做恶梦／进入其中"。"进入"也可译为"陷入""闯入"。第三段末三行：

　　像一养蜂人
　　　俯临打开的表
　　　的拥挤的蜂巢

不很妥帖。"一养蜂人"有点生硬，不如"一个养蜂人"或"养蜂人"。末二行连用三个"的"字，在词性的从属上层层相套，是今日白话文的一大毛病，亟应避免。末行以"的"开始，尤其疲弱不稳。还有一点，原文的 preside over 直接作用于 the swarming honeycomb，形象紧凑，但是译文中"俯临"与"拥挤的蜂巢"之间却插进"打开的表的"，乃显得间接而琐碎。同时，这一段的首行既已明言"高高在上"，后面的 preside over 也就不必再强调"俯临"之意，可以译成"统领""坐镇"之类，以示权威。所以这三行不妨改译如下：

像一个养蜂人
管辖拥挤的蜂窝，
这打开的表。

第四段的 could 译成"大可"，似乎太重，而"一雨滴之中"也稍欠顺畅，不如译成"一滴雨里"。本诗的末二段在文法上是一句话，前后必须呼应，以求紧凑。We raise it cautiously, so it doesn't burn us 乃主要结构，必须译妥。贾译将后半截译成"这样它才不会烫到我们"，失之西化而冗长，加以紧接的下一行又以"我们"开始，失之重复。大可简化为"免得给烫到"。末段四句是写表修好后，举表就耳，听其嘀嗒，在意象上耳朵为实，嘴唇为虚，很不好译。贾译不过不失，堪称稳妥。

综而观之，贾译这两首无论在意义、诗体、句法、语言上都照顾得相当周密，可称此道高手，应该荣获冠军。

五

第二名傅浩先生所译的前一首，把题目译成"致晚星"，不够明确。傅译把每行的长度限于十三字到十五字，长于前述的贾译，好处是回旋的空间较大，坏处是有时不免要凑足字数，例如首行的"黄昏时分"及"美发璨然"便是如此。也因此，第五行的"并且"和第六行的"请"，都嫌费词。Scatter thy silver dew……in timely sleep 一句，傅译为："请把你如银的露水／遍洒在每一朵闭合着甜美的眼睛／按时入眠的花儿身上。"便显得松了一点，不妨稍加浓缩，成为："把你如银的露人／洒在每一朵合起美目／按时入眠的花上。"

首行的 fair-hair'd 意为"金发"，所以傅译的"美发璨然"显有不足。次行的 now 译成"快"，不拘字面，却是高招。"燃起"和"戴起"出现的地位也把握妥当。第五行以"眷顾"来表示 smile on，也是活笔。

第九行的 glimmering eyes 译成"闪烁的目光"，甚确，但是次行的"水银"却会令人误会是 mercury 而非 silver。第十二行的"穿行"也有误，原文的 through 是指狮子目光穿透，而非狮子本身穿透。本诗末二行的 fleeces 和后文的 flocks, influence 互相呼应，成为三个复合双声，在音调上十分重要。这一点在译文里固然无法表现，却也不应避过 fleeces 一字。所以第十三行不妨译成"我们的羊群长毛（或体毛）上披盖着你神圣的"。同时，"神圣的甘露"亦可简化为"圣露"，而"冥冥的力量"亦可浓缩为"神力"或"法力"。

傅译的《修表》一首胜过《致晚星》。首段的前两行，译文把原文的次序对调，"熠熠生辉"乃与"瑟瑟抖颤"形成原文没有的对仗，实在无此必要。次段的"表针"似乎不是习用的名词，所以前二行或可改为"挥向八方的／指针"。其后三行的"人在梦魇中／步入的／歧路"是佳译，胜过许多得奖之作。只是"步入"两字有点哑，不妨考虑改为"踏入"或"踏进"。

第三段译得最好，其中的末二行化解有道，也胜过他译。后面几段的用语"肯定"与"微型"显然是大陆习见。四十年的阻隔已使两岸的中文面貌有异，不必在此强分高下。倒数第二段后两行都加上破折号，以示主句在后，别具匠心。So it doesn't burn us 译成"以免烫着"，非常高明。

对比之下，傅译的第二首远胜第一首，甚至优于贾译的第二首。若非《致晚星》的题目译得空泛，傅译实可颉颃贾译。

六

第三名林为正先生所译前一首《致夜星》，题名也失之空泛，因为所见群星无一而非夜星。

首行"我那属夜之金发天使啊"，前面五字有点文白夹杂。明明是在仰祷金星，不知何以不说"你这"而说"我那"。同时，"属夜"也不很自然。"苍穹的蓝幕"有语病，因为"苍""蓝"犯重。"请撒下……好梦方始"一句错了两处：首先 every flower 译成了"每一枝花朵"；其次，in timely sleep 也绝非"好梦方始"。不过 sweet eyes 译成"芳眼"，却胜过一般译者的"甜美的眼睛"。

第九行"湖水"宜改"湖上"。"诉静谧以灵动的晶眼／濯暮色以银光"两个短句，用介词"以"代替with，以保存原文的句法，颇具匠心。后句译得极好，但是前句把 glimmering eyes 译成"灵动的晶眼"，实在远离原意，不知有何根据？Soon,full soon 译为"倏乎一瞬"，比起原文来虽然文了一点，却非常紧凑，富于创意，而且声音逼近原文，"瞬"与 soon 几乎同音，简直独觑天巧，可遇而不可求。可惜后文的"飘逝"太轻飘了，不足以当 withdraw。"天狼"与"天狮"明标星座，甚确，但是略失本诗童话的稚趣，不如保留其凡兽的面貌。Rages wide 译成"嚣盛"，不太自然。"依偎身边的羊群"一词里，前五字是译者自加，显得是在垫字，应该另谋出路。除此之外，末二行译得简洁老练，"护之以你的神力"尤为雄健。

林译把句长限于十字到十三字，句法相当简洁。译者原为优秀诗人，此诗译得不无瑕疵，但其佳处亦可见才华，综而观之，瑕不掩瑜。

《修表记》一首也是瑕瑜互见，失误不少，得手亦多，其尤妙处远胜他人，实在不很平衡。首段"针上札的蝴蝶"一句，"上"字应删，"札"乃"扎"之误。次段的"指针／信手乱比"是不拘的意译，但以"信手"包含 hand，更以"乱比"包含 in all directions，别成一格。后面的三行"这路口／何处有／只在恶梦中"，干脆将 one enters 泯于无形，更是意译。英文文法中的 one 原是虚位人称，如此处理，也是一着活棋。不过拿掉了 enters 之后，动态变成了静态，原是戏剧的变成了抒情的了。

第三段把"蜂窝"泯入"整窝嗡嗡攘攘的"之中，仍是意译，可惜接上的末句"一只拆表"不够自然。什么是拆表呢？读者颇费思量，因为"拆表"像动词，不像名词。第五段的 must be 十分肯定，不知何以要译成"八成"。

最后的两段也互有得失。"小心／别烫了自己"译得虽然简洁，却把原文的叙述语气改变成吩咐语气，跟后文的 we raise it 几乎像是断绝了关系。而末段的"端一杯，就近给……"既未标出原文的主词"我们"，也令人误会是对第二人称的吩咐语气，而与前文的"小心／别烫了自己"的语气一致了。

尽管如此，末三行的"就近给／身边的耳朵／一口"，活译了 the lips，把名词点化成动词，却是神来之笔，值得赞赏。

林译还有一个疏失，就是擅除原文的标点，不但除去了《修表记》大半的标点，就连《致夜星》的标点也删去了一些。这是对原文的僭越，常易导致误解。例如"小心／别烫了自己"两行，行末的逗点拿掉之后，读者怎么会期待后文有主词呢？

七

佳作得奖人罗章兰女士，把第一首诗的题目译为"致太白星"，并没有错。我国古代亦称金星为启明星、长庚星或太白星，可是金星在这首诗里却是爱神维纳斯的象征，而维纳斯在西洋画中正是金发的女神。波提且利（Sandro Botticelli）的名画，"维纳斯的诞生"即为一例，所以题目仍以"致金星"为宜。

第四行的"带上"应该是"戴上"。四、五两行的"而"和"又"太散文化，可以省去。横跨六、七、八各行的长句："让您的银露散落／在每朵花儿，闭着甜甜的眼／依时睡去。"有两个毛病：一是把单纯有力的动词 scatter 译成了"让……散落"；二是把修饰"每朵花儿"的形容子句"闭着甜甜的眼／依时睡去"放在句末，害得译文的文法接不上气，也难以了解。

第九行"您闪亮的眼在倾诉静寂"亦有二误：glimmering 只是"惺忪""朦胧""明灭"，不是"闪亮"；此外，原文的 speak silence with thy glimmering eyes……在文法上乃是祈求语气，罗译

"在倾诉静寂"却变成叙事了。第十一行的"豺狼四窜"也有问题。布雷克这首诗是他早期的作品，带有神话甚至童话的味道。此处的狼与狮其实暗指金星没后，天上出现的天狼星（Sirius）与狮子座（Leo）。天狼星乃最亮的恒星，气象非凡，不可泛以豺狼视之。同时，rages wide 意为"狼嗥遍野"，也不可解为"四窜"。无论如何，rage 绝非逃窜。

末行的"愿您"语气太和缓，冲淡了 protect 单字的紧迫语气。罗译此诗，每行短则九字，长则十三字，有点参差不齐，尚可安排得更加严整。

《修表》的首段，"被针固着的蝴蝶"一行，"固"字不妥。次段的后三行，在文法上前后脱节，令人不解，而且也不符原意。原文是说，一个人做恶梦才会误入这种十字路口，罗译只说走进梦魇，却未交代与交叉路有何关系。第三段的后二行"俯过拥满的蜜蜂巢／就是打开的表"，两行间的衔接虽然直露了些，却交代明白。问题出在 presides over 译成"俯过"，十分费解，既未表达"管辖"之意，又过分强调 over，生硬造出"俯过"一词。

后面的几段译得都很好，只有"不要被烫着"一句，原意应该是"免得被烫着"，却译成了祈求的语气，因而不能接上后文。不知为何，罗译的两首在行末一律不加标点，文法上的联系和语意上的相关，都难以确定，这实在是一大失误。若非必要，不得擅改原文，哪怕是标点之细，也应尊重，这原是译者之天职。何况标点绝非小事。

八

另一位佳作得主何功杰先生，把第一首的题目译成"致黄昏星辰"，不够明确。第六行的 silver dew 不译"银露"而译"玉露"，未免过分迁就我国的传统词藻。第七行把 sweet eyes 译成"媚眼"，不能说错，可是有点俗。第八行把 west wind 径译成"春风"，可见译者是英国文学的解人。西风在英国文学里常是春风，固然不错，但不一定是。雪莱的《西风歌》（*Odo to the west wind*）写的却是秋风。在布雷克这首诗里，若要强调爱情，固可译成春风，但是天狼星和狮子座出现在初夜，却是秋天。还有一点需要考虑，就是"玉露"常指白露。李密《淮阳感秋》有句云："金风扬初节，玉露凋晚林。"杜甫《秋兴》之一也说："玉露凋伤枫树林，巫山巫峡气萧森。"说的都是秋景，所以前文既云玉露，后文就不宜用春风了。

九、十两行的"用闪闪目光表示沉默／用银辉涤荡尘埃"颇有问题。首先，"闪闪"太强，非glimmering原意。须知从情人上床到花朵入梦，从西风睡着到金星隐身，都是寂静催眠的形象。金星即将引退，怎会目光闪闪？speak silence的直接矛盾和音响效果十分高妙，散文味浓的"表示"实在难以追摹。但是最不应犯的错误，是把dusk错认成dust，所以"暮色"竟变了"尘埃"。

最后两行里，"羊群的羊毛"字面犯重。"用您的影响力卫护他们"一句，"影响力"太普通了，也太人间了，不如说"神力"。同样，"卫护"也不如"保佑"。

译者对句长十分留意，所以译文的第六行与末行都追随原文，皆为十二字，此其他各行都多两字，足见用功之深。

《修表》首段末行，把a pinned butterfly译成"蝴蝶钉在墙上"，不尽稳妥，因为做标本的蝴蝶不一定是钉在墙上。第二段的"手"看不出是多数，难以表现时针、分针，甚至秒针各指东西的纷乱。末三行"十字路口／一人上／恶梦中仿徨"，虽然多出了"仿徨"，只是加强原意，不误大局。倒是"向""上""徨"的脚韵违背了原文自由诗的形式。

第三段末二行"统管着哨口洞开的／拥挤蜂巢"，

很有问题。此地 open watch 不过是"拆开的表"之意，应无双关。watch 在英文中是有"哨站""哨岗"之解，但往往只容一人，并不像盘盘囷囷的蜂窝。第五段的"冷光"失之空泛，不如干脆直译"北极光"。

最后两段里，"以免烫着我们"不像中文，又与后面紧跟的"我们把它"重复。不如索性删去前一个"我们"，只说"以免烫着"。至于末段最后二行"最近的耳朵／唇瓣"，未能自然变换、巧妙牵引，读来不易领会。

九

第三位佳作得奖人单德兴先生，把布雷克的诗题也译成了泛泛的"致夜星"，不够确定。布雷克这首少作从日落写到初夜，时序井井有条；值得注意的是，一直到第十行，暮色（dusk）尚待洗涤，可见黄昏变换之缓。单译从首行起就把 evening 译成了夜晚，到了第四行也是如此，可是迟至第十行还需要清洗薄暮，无乃失之倒错。

第六行及末行的两个"祈请"皆为原文所无，宜皆删去。sweet eyes 译成"美目"，甚佳，但是 in

timely sleep 却不是"早睡"。第九行"用你闪烁的眼神诉说沉寂"译得极好。最后两行毛病不少:"羊群的羊毛"虽是小疵,却是本届来稿的通病。这一行只有十个字,下一行也即末行却长达十六个字,完全不顾原文的长短。原文这两行也只有两个音节之差,所以"圣洁的露水"大可浓缩为"圣露",而"祈请你的威能护佑羊群"也不妨敛成"运你的神威护佑羊群"。

综观单译,十四行中短者七字,长者十六字,字数相差在一倍以上,无乃参差无甚,而令读者不明原诗句法的真相。句长失控,是译诗人常陷的困境,其实如能妥加安排,即使不能完全摆平,至少也应缩短差距,莫任贫富悬殊。

《修表》一首的译文远胜前诗,在诗体和句法上都能逼近原作。第二段一开头的"针"字未能表示多数,减低了后文"四面八方"及"梦魇"的纷繁。第三段善于化解蜂巢与手表的虚实纠结,不愧佳译。在第五段里,"工具"一词也未标示多数,连带着也抹杀了splinters 的缤纷。其实第二行只要加一个字,变成"想必都是北极光的",则"工具"与"毫芒"的多数尽在其中矣。Splinters 译成"毫芒",比一般译者的"碎片"美妙得多。倒数第二段末行译为"免得烫伤自己",也颇可贵。其实连"自己"也可以不要,只说"免得烫伤"

或"免得给烫伤"，就够了。

单译后首优于前首，我想大概是因为目前年轻一代的作者甚至学者，习于所谓自由诗而欠缺格律诗的锻炼，面临需要以简驭繁、以工整克服混乱的场合，就每感力不从心，往往只好草草了事。就连一些名教授，在写论文之际，遇到引证而需要译诗，也常把格律诗句擅加损益而扭曲变形。译诗者未必要先做诗人，但是不能没有写诗的适度训练，尤其是古典的格律诗。

一九九一年九月六日于西子湾

第五届译诗原文

The Listeners

"Is there anybody there?" said the Traveller,
  Knocking on the moonlit door;
And his horse in the silence champed the grasses
  Of the forest's ferny floor:
And a bird flew up out of the turret, Above the
  Traveller's head:
And he smote upon the door again a second
  time; "Is there anybody there?" he said.
But no one descended to the Traveller;No head
  from the leaf-fringed sill

Leaned over and looked into his grey eyes, Where he stood perplexed and still.

But only a host of phantom listenersThat dwelt in the lone house then

Stood listening in the quiet of the moonlightTo that voice from the world of men:

Stood thronging the faint moonbeams on the dark stair, That goes down to the empty hall,

Hearkening in an air stirred and shaken By the lonely Traveller's call.

And he felt in his heart their strangeness, Their stillness answering his cry,

While his horse moved, cropping the dark turf, 'Neath the starred and leafy sky;

For he suddenly smote on the door, even Louder, and lifted his head:—

"Tell them I came, and no one answered, That I kept my word," he said.

Never the least stir made the listeners, Though every word he spake

Fell echoing through the shadowiness of the still house From the one man left awake:

Ay, they heard his foot upon the stirrup, And the
   sound of iron on stone,
And how the silence surged softly backward, When
   the plunging hoofs were gone.

Walter de la Mare(1873 – 1956)

The Grey Squirrel

Like a small grey

coffee-pot

sits the squirrel.

He is not

all he should be,

kills by dozens

trees, and eats

his red-brown cousins.

The keeper, on the

other hand

' who shot him, is

a Christian, and

loves his enemies,

which shows

the squirrel was not

one of those.

Humbert Wolfe(1885 – 1940)

A Limerick

I sat next the Duchess at tea.

It was just as I feared it would be:

    Her rumblings abdominal

    Were simply abominable.

And everyone thought it was me.

Anonymous

第五届译诗组得奖作

听　者

姚锦清　译

"里面有人吗？"游客说，
　　把月光照亮的门敲响；
他的马在寂静中大口嚼草，
　　蕨草蔓生在林中地上：
一只小鸟从塔楼飞出，
　　掠过游客的头顶：
他再次用力把门敲响；
　　"里面有人吗？"他又问。
可是谁也没下来迎接游客；

也没有人从挂满叶子的窗台
探出头来盯住他的灰色眼睛，

　　他默默地站着茫然不解。
其实只有一群幽魂似的听者

　　蛰居在这所荒屋孤宅，他们
正站在静静的月色下听着

　　这从人世传来的喊声：
站着把淡淡月光汇聚到漆黑楼梯，

　　楼下是空荡荡的厅堂，
倾听着这孤独游客的喊叫

　　在他们四周震荡回响。
他心中感觉到他们的陌生，

　　他们的静默在回答他的呼喊，
他的马边走边啃着满地黑草，

　　头顶的星空被树叶遮掩；
他猛地又重重敲门，敲得

　　更响，他头抬高：——
"告诉他们我已来过，没人答理我。"

　　他说，"我的诺言已经做到。"
那些听者没有一丝动静，

　　虽然他说的每个字的回声
飘荡在这所阴影笼罩的沉寂之屋，

话音来自这个唯一醒着的人：
啊，他们听见他的脚踏上了马镫，
　　又听见铁蹄踏石的声音，
当急促的马蹄声匆匆远去，
　　却听见轻柔地涌回一片寂静。

——德拉迈尔

灰松鼠

姚锦清　译

像一把小小灰色
咖啡壶，
坐着的松鼠。
看不出

他的心地也不善。
咬死大批
树，还要吃掉
他的赤褐表兄弟。

而那守园人啊，

偏要用枪
打死他，本是
基督，理当

爱自己的仇敌，
这说明，
那松鼠不是
他的敌人。

——沃尔夫

打油诗

姚锦清　译

喝茶挨着公爵夫人坐。
我早料到这会惹上祸；
　　夫人腹中咕咕叫，
　　实在叫人吃不消，
落得人人心里都怪我。

——无名氏

听　众

张惠平　译

"有人在吗？"旅人问，
　　敲着月光下的门；
他的马嚼着地上羊齿植物
　　在那寂静的森林：
一只鸟从塔楼上飞越
　　旅人的发梢：
他又敲了第二次门：
　　"有人在吗？"他道。
然而无人下来迎接他；
　　树叶环绕的窗台没人
倚靠过来窥探他的灰眸，
　　他呆立在那儿纳闷。
而只有一群幻影般的听者
　　驻足在这远僻的房子中
在沉寂的月光下伫立听着
　　那来自真人世界的呼声：
他们挤入通往空荡大厅的
　　黑暗楼梯上之暗淡月光中，

在一阵因这寂寞旅人的呼唤

　　而激荡不已的风中倾听。

他也已感受到他们的异样，

　　及回应他的呼喊的静寂，

在群星点缀树叶满布的天空下，

　　他的马移动，啃着幽暗草皮；

因为他猛然敲门，甚至

　　更大声，又把头抬高：——

"告诉他们，我来实践承诺，

　　而无人应门，"他道。

这群听众动也不动，

　　虽然他说的每句话都传来，

回音从一个清醒的人身上

　　经由这死寂房屋的阴影展开：

唉，他们听到他脚踢马镫的声音，

　　以及铁碰石头的铿锵，

还有那低柔回荡的静谧，

　　当踩入土里的马蹄不再回响。

　　　　　　　　　　　　——德拉梅尔

灰松鼠

张惠平　译

松鼠坐着
像咖啡壶
小小灰灰的。
他并不

守本分，
残害一大堆
树，还并吞
他红色带棕的同类。

另一方面，
射杀松鼠
的看守人，
是基督徒，

也爱他的仇敌，
这告诉我们
那只松鼠不是

他的敌人。

——伍尔夫

打油诗

张惠平　译

我坐在喝茶的公爵夫人之邻。
我正担心会发生的事终于来临：
　　她那咕噜咕噜响的腹部
　　简直是令人厌恶，
而大家却认为是我发出的声音。

——作者不详

听　者

何功杰　译

"有人在吗？"来人叩着

月光照亮的门问道；
　静寂中他的马大声地嚼着
　　林中蕨地上的野草：
一只鸟儿从角楼里飞出
　　掠过来人的头顶上方；
"有人在吗？"他问道；
　　门儿再一次被他敲响。
没有人下楼来向他答话；
　　从枝叶怀抱的窗台。
没有人欠身看他那双灰眼，
　　他静静地站着发呆。
但只有一大群幽灵听者
　　寄寓在这远僻的屋里
站在静谧的月光中倾听着
　　那声音来自于人世。
淡淡的月光拥向黑黑的楼梯，
　　一直通向空空的大厅，
听着被孤独来人的呼唤声
　　打破和扰乱了的宁静。
一种诧异感从心头浮起，
　　答话竟只是一片静寂，
而他的马啃着黑草皮前进，

披着满天星斗叶影摇曳；
因为他突然把门猛击，甚至
　声音更响，头也抬起：——
"告诉他们我没失信，"他说，
　"我来过，没人答理。"
听者没有一点反应和动静，
　虽然他的每一句话——唯一
一个醒着的人所说的话跌落
　在幽静的屋影中低徊：
是的，他们听见了他踩马镫，
　和石头上得得的马蹄，
也听见沉默如潮般悠悠退去，
　当蹄声消逝马儿奔离。

——德拉梅尔

灰松鼠

何功杰　译

像把小小的
咖啡壶

这坐着的松鼠。
他可不

是那么规矩，
毁了几十株
树，吃了他
红棕色的同族。

另方面，那
看林人，一位
基督徒，
枪杀了他，因为

他爱他的敌人，
这表示
松鼠不是他的
仇敌之一。

————沃尔夫

打油诗

何功杰　译

坐在公爵夫人旁吃茶点，
害怕的正是我会被牵连：
　　她肚皮里咕噜咕噜
　　实在令人感到厌恶，
而且人人以为是我讨嫌。

——无名氏

听　者

傅浩　译

"里边有人吗？"旅行人问，
　　一边把月下门扉击敲；
他的马在寂静中大声咀嚼
　　林间空地丰茂的青草：
一只鸟儿自望楼惊起飞出，
　　在旅行人头顶上盘旋：
他再一次重重擂击那扇门；

"里边有人吗？"他喊。
可是无人下楼来迎旅行人；
　　荫蔽的窗台无人探头
俯身窥视他那灰色的双眼，
　　困惑中他僵立在原处。
唯有当时那空宅中寄居的
　　一群权充听者的幽魂
在月色的静谧中伫立倾听
　　那来自人世间的声音；
在下通空廊的幽暗楼梯上
　　淡淡月光里麇集伫立，
细听，四周是寂寞旅行人
　　喊声搅动震颤的空气。
他内心中感到他们的陌生，
　　他们以静默与他应答，
他的马则走动着啃食草根
　　在星辉叶影的天空下；
突然他更响亮地擂击大门，
　　并且高昂起他的前额——
"告诉他们我来过，没人答应，
　　我信守了诺言"，他说。
那些倾听者们一动也不动，

尽管他吐出的每个字
落自这唯一醒着的人之口
　回荡在幽宅的阴影里；
噫，他们听见他脚踩马镫，
　铁蹄踏在石上的铿锵，
当奔驰的马蹄声远逝之后，
　寂静又如何轻柔回涨。

——德拉梅尔

灰松鼠

傅浩　译

像一把灰色
小咖啡壶，
那松鼠蹲坐着。
它全无

应有的德行，
成批戕害
树木，且捕食

它棕红的族类。

另一方，养鼠人
——他曾射猎
它——是个
基督徒，而且

爱他的敌人，
这说明
那松鼠当时
不算其中一名。

——沃尔夫

打油诗

傅浩　译

我坐邻公爵夫人吃茶点。
那恰是我所害怕的场面：
　　她的肚肠响辘辘
　　简直让人想呕吐，

人人却以为是我在现眼。

——无名氏

倾听者

罗章兰　译

旅客说："喂，到底有人在吗？"
　　敲着月照亮的门上；
他的马儿静寂中嚼着草
　　森林里的芒草地上。
一只鸟自角楼飞出
　　从旅客的头顶掠过，
他仍第二遍敲打着大门，
　　"喂，到底有人在吗？"他说。
但无人下来迎旅客，
　　没有人从浓叶绕的窗槛
探出头来俯视他的灰眸
　　他不解的在那儿呆站。
只有一群灵幻的倾听者
　　正住在这荒凉的房子，

立在宁静的月光中聆听
  那来自人世间的嗓子。
挤站在朦胧月斜照的暗楼梯
  这通往下面空的厅堂，
倾听于被震荡的空气
  那孤单旅客的叫嚷。
而他心中感到怪异
  伊们答他呼喊以停，
马儿移动着，黑暗中吃草，
  头顶上空都是叶与星。
因此他突然再打门，较前
  更响亮，他又抬起头——
"告诉他们我来过，但无人应，"
  他说："诺言我已遵守。"
那些倾听者并没移动分毫，
  虽然他说的每个字
回响穿过静寂房子的空影
  从仍醒着的一人开始。
啊，伊们听到他脚踩上马镫，
  蹄铁踏石板响铮金，
静默又如何悄悄的涌回来，

远去的，阵阵马蹄声。

——狄拉麦尔

灰松鼠

罗章兰　译

像个小灰
咖啡壶子
松鼠端坐。
它并不是

正人君子：
杀数以十
棵树，啖赤
褐表兄弟。

看园人，另
方面看来，
射死它；是

基督徒，还

应爱敌人。
由此可知
松鼠并非
其中之一。

——渥尔夫

滑稽诗

罗章兰　译

我坐在公爵夫人旁吃茶
那情况正如我事先就怕
——她腹里的隆隆声
　　真令人觉得可憎
但人人都以为是我所发

——无名氏

从神秘到滑稽

第五届译诗组综评

一

第五届"梁实秋文学奖"的翻译类,由黄维梁先生、罗青先生和我担任评审,已于今年(一九九二年)八月二十四日决审完毕。本届的译题未必难于往届,但是份量加重,散文组的两题都比以往要长,诗组则由以往的两首增为三首,所以面对近三百件的来稿,评审的工作也更加繁重。到了决审那天,我们衡长论短,锱铢必究,从上午十点到下午六点,足足讨论了一天,才算产生了得主,决定了名次。

二

本届译诗三题，都是完整的作品，虽然长短不一，风格各殊，却都有格律，而且都是二十世纪所写。那首谐诗固然作者不详，但从三、四两行押韵的怪招看来，当亦不致太古。我们为"梁实秋文学奖"寻找译题，务求主题与诗体不拘一格，好从各方面来考验译者。本届选题，也是这样。难处在于所选作品不能太浅，太浅则人人都会译，难分高下；也不能太深，太深则人人畏惧，参赛者寡；当然也不能太有名，否则译本已多，难杜抄袭。所以为了出题，往往整日沉吟，踟蹰再三。

三

第一题的作者德拉梅尔（Walter de la Mare）不但是名诗人，也是儿童文学的健将，因此他的风格在神秘、恐怖之外，兼有童稚的惊奇与幻想。这首诗写幽明相隔，阴阳难通之恨，疑真疑幻，若实若虚，十分祟人。值得注意的是：诗人的妙笔出入于虚实之间。时而实写，时而虚拟，暗示这人鬼之隔，在于阳间对阴间，能够发言而不能收听，阴间对阳间呢，正好相反，能够收听却不能回答。诗从阳间的来客写起，但诗末的意识却以众鬼的听觉收篇。诗题叫 the listeners 而不叫 the speaker 或者 the traveller，正有以虚证实，由虚入实之意。本届应征来稿，诗题大多译成"听者"或"聆听者"、"倾听者"，不能算错，却难以把握诗中森然幻异的气氛。还有人把诗题译为"听众"，就更不妥了。"听众"令人想到 audience，未免太人间世。这简单的题目实在难译。如果不拘于名词，或许可以译为"冥听"，因为冥正是阴间。

至于诗中的来客究竟有何象征，他和众魂之间的关系又是如何，学者见仁见智，诠释不一。或谓来客是传神谕，或谓来客是践前约，或谓并无特殊影射，不过是把寂静写成具体的动态罢了。细论起来，就进入文学批评了，当非译论的本旨。其实本诗之妙，正在没有说尽，读者的想象大有驰骋的余地，一旦详析坐实，恐怕反成索然。诗有真味，却无达诂，正是此意。

在诗体上，本篇的骨架像是格律诗，但除了单行长于双行而双行押韵之外，格律并不严密。单行长度在九音节与十三音节之间，双行则不出七音节至九音节，伸缩颇大，所以对译文也不必要求太苛，只要做到长短交错也就可以了。不过单行虽不押韵，其收句的末二音节多半却是前重后轻的"扬抑格"（trochee）：
例如 traveller, grasses, turret, moonlight, shaken……
可是这种特色中文里太难摹拟，只好不理。

四

第一名姚锦清先生的中译，在处理本诗的句法
上，未尽妥帖。译文的单行短则八字，长则十四字；
双行则短到六字，长到十二字。这样参差无度，不但
在单行与双行之间不成比例，就在单行与单行、双行
与双行之间，也嫌太不规则。姑以末四行为例，原文
各行的长度依次是：十音节、七音节、十音节、七音
节，长短的对照十分显然。姚译这四行的长度依次是：
十三字、十一字、十二字，音调不免混乱，节奏也就
不分明了。容我试译这四行如下，看是否较近原文：

啊，他们听见他踏上了马镫，

蹄铁践响了石头，

寂静又轻轻地回荡而合拢，

当急拨的蹄声去后。

本诗末二行巧用隐喻，把寂静状为一池止水，蹄声突发，有如投石入水，把寂静打破，等蹄声远去，寂静复原，正若石沉波定，池水再合。姚译放过了原文的"诗眼"plunging，所以境界未能全出。

此诗长三十六行，限于篇幅，我不能条分缕析，只拟重点简评。第二行 moonlit door 不必详译作"月光照亮的门"，只要说"月下的门"就可以了。第七行 And he smote upon the door again a second time，既云 again 又说 a second time，实为语病。姚译作"他再次用力把门敲响"，没错，可是第一次是 knock，第二次加重，成了 smote，第三次也是 smote，姚译一律作"敲"，难分层次。不如改用较重的字眼，例如"捶"或"擂"。

第十行至十二行，有点累赘兼生硬，押韵也不太自然。不妨改成"也没人从叶掩的窗台／探头盯住他灰色的眼睛，／让他静立着发呆"。第十三行与十四行 But only a host of phantom listeners ／ That dwelt in the lone house then，姚译作"其实只有一群幽灵似的听者／蛰居在这所荒屋孤宅"，不妥。"其实"太散文化，不妨删去。听者就是灵幽，说成"幽灵似的听者"，反而不是真的幽灵了。同时，"孤宅"已足，不必重复说成"荒屋孤宅"，何况这是双行，本应较短。Stood

throning the faint moonbeams on the dark stair 意为
"挤在月光淡淡的暗梯上"，stood 只是重复前两行的同
字，不太重要，无须译出。姚译"站着把淡淡月光汇
聚到漆黑楼梯"，意思不大清楚，何况月光也不能汇
聚。接下来的第十九行和二十行："倾听着这孤独游客
的喊叫／在他们四周震荡回响。"句法灵活，倒是佳译。

第二十一行及二十二行："他心中感觉到他们的陌
生，／他们的静默在回答他的呼喊"，strangeness 意为
"怪异"而非"陌生"。同时，代名词太多，非中文的
常态，所以第二十二行不妨改成"为何以静默应他的
呼喊"。第二十三行的 dark turf 不应译为"黑草"，只
能说是暗草，其实只是在暗中嚼草。第二十八行 That
I kept my word 译成"我的诺言已经做到"，失之生硬，
不大像中文。若要保留原韵，不妨说"我说到就做到"，
不然，也可说"我没有食言"或"我没有爽约"。第
二十九行至三十二行这一段，有点长短失控，句法也
不太顺畅，尤其 from the one man left awake 一行，
文法上承前行的 fell，在中文里颇难回旋。以下容我
试译其后三行，或能较近原文：

尽管他每句话的回声
荡漾在阴影幢幢的空屋里，

应着唯一醒着的这人：

五

第二译题《灰松鼠》貌似自由诗，其实是变调的格律诗。每行音节都不多，大致上单行较长，双行较短而且押韵。文法也很武断，例如：第二段末三行，是对前一行的说明，却不把两个动词（kills，eats）转换成动名词（killing，eating）。第三段的文法也颠来倒去，正常的说法原为 On the other hand, the keeper, who shot him, is a Christian and loves his enemies……《灰松鼠》的主题全在诗末的反讽。基督教教人应爱敌人，守园人竟射杀了松鼠，可见松鼠不是敌人。反过来说，松鼠应该是朋友了，然则循此逻辑，难道朋友反而该杀吗？不过问题尚未了结，因为诗中的十个动词里，八个现在式，两个过去式，形成显明对照。shot 和 was 何以用过去式呢？shoot 一字有"射伤"或"射死"之义。第一段和第二段说到松鼠，均用现在式动词，可见它并没死，最多是射伤吧。但是受伤的松鼠怎么还在大咬松树，大嚼松果呢，而且末段说到松鼠不在敌人之列，何以要用过去式呢？

原来松鼠是死了,被守园人射杀了。它的坐姿像一只咖啡壶,栩栩如生,因为它变成标本了。所以说它原来不是这么端坐不动的,若是活的,它就会噬害成打的松树,大嚼棕红的松果。所以说守园人射杀(shot)它时,它不是(was not)他的敌人。用过去式透露的这一层关系,大多数参赛者都没看出来,所以 He is not all he should be 一句每被误解。姚译也不例外。如果改成"他并不／真像原来的样子"就符合原意了。除此之外,姚译的这首"灰松鼠"却是颇工整的。

六

第三译题是一首玲珑俏皮的五行打油诗。通常说来,打油诗难写,更难翻译,因为其中谐趣,常在文字本身,难以他语传达。这首小品虽不难译,但要适度把握 abdominal 与 abominable 之间音节夹缠似押不押的怪韵,却非易事。rumble 的定义是 make a deep heavy continuous sound,姚译作"咕咕叫",不够沉重,仍以"隆隆叫"为宜。一般译者都解为饥肠辘辘,也有人解为屁响连连。英文字典的例句是 I'm so hungry that my stomach's rumbling,所以饥肠之说当然不错。不过在这首诗中，其声竟然响到惊人，且令四座侧目，单凭饥肠能否如此，不免可疑。好在原文并不说穿，译文也无须坐实了。姚译对于原文的格律掌握十分得宜。

七

第二名从缺。

第三名张惠平先生所译第一题，无论是句法的长短相间，语言的简洁自然，都比姚译略胜一筹。可惜题目译成"听众"，离荒寂阴森之境太远，而更败事的，是末四行失控，尤其是末二行的误解十分严重。用投石入水来喻马蹄乍响，复用波起波平来喻寂静之破而复合，这隐喻张译没有领悟，乃将 plunging hoofs 解成"踩入土里的马蹄"，铸下大错。

其实张译的第三、四行，第二十一、二十二行都比姚译为佳，第三十行的"每句话"也比姚译的"每个字"顺当。可是张译和姚译一样，也把 knock 等同 smite，不加区分，坐失空宅擂门的惊心对照。第十一行的"倚靠"不如姚译的"探头"。第十三行的"幻影般的听者"与姚译的"幽魂似的听者"同病。第十三行至廿行，放弃了韵脚，显得散文化。第二十九行至三十二行，未能把原文的意思交代清楚，不很好懂。"一个清醒的人"也不足以译 the one man left awake。

张译的《灰松鼠》也错在四、五两行。Eats 译成"并吞"，不知何故；其实松鼠吃东西是碎咬细嚼，英文叫作 nibble，全然不像并吞。第三段的四行，原文长短不齐，也不明张译何以要削成等长。至于《打油诗》，张译的第三行颇有音响效果，但全诗各行太长，末行把一个小而含蓄的 me 扩大为"我发出的声音"，更失之冗长、露骨。首行的原文是"喝茶时（或茶会上）我与公爵夫人为邻"，张译会令人误会，只有公爵夫人在喝茶了。

八

佳作一得主何功杰先生所译的《听者》，十分注意原文的格律，对于长短交错的诗行，双行一见的韵脚，穿插颠倒的句法，都着力追随，也颇有把握。只是有两处（第十四行与十六行的"里"、"世"，第三十行及三十二行的"一""徊"）韵脚不稳。另有几处双行字数尚可缩短，例如第六行"掠过来人的头顶上方"，既云头顶，当然在上方了，大可简化为"掠过来客的头上"。又第八行"门儿再一次被他敲响"，不但嫌长，也不必用被动式，何况原文并非被动，只要说"再一次把门敲响"就好了。第十七行"淡淡的月光拥向黑黑的楼梯"，不对。此行的 stood thronging 跟前两行的 stood listening 结构一样，同为 a host of phantom listeners 的动词，所以不能说是月光自己在拥挤，只能说是众魂挤着月光。

第十九行和二十行："听着被孤独来人的呼唤声／打破和扰乱了的宁静。"也不妥当，因为众魂听的不是宁静，而是来客的呼喊和捶门。"打破和扰乱了的宁静"也不好，因为中文不像英文，两个平行的动词不宜用"和"一类的连接词来连接。第二十九行把 stir 一分为二，变成"反应和动静"，是凭空加添，也应避免。这一行大可译成"冥听者没有丝毫的动静"。第三十一行把 fell 直译为"跌落"，太拘泥字面了。此处的 fell 绝非"跌落"，而是"说出"，常见于 fall from someone's lip 一类句型，所以在此文法的结构是 every word fell from（the lips of）the one man left awake。

最后两行也有问题。"沉默"是指人不开口，silence 在此只能译为"寂静"。原文是说蹄声踏破了寂静，有如投石入池，打破了水面，等到蹄声远逝，寂静才像水面，破而复合，所以不是"悠悠退去"，而是"轻轻合回"。

何译《灰松鼠》也是错在第四、五两行。除此之外，格律的骨架仍搭得相当稳健。《打油诗》的格律也译得停停当当，可惜"牵连"和"讨嫌"都译得太露，说得太尽，本为原文所无。

九

佳作二得主陈建民先生所译的《聆听者》，对原诗的格律并不用心追随，既不押韵，也不很照顾长短诗行，所以读来有点散文化，诗意不浓。但在另一方面，他的译文却很少犯错，只是句法不太灵活，例如第十二行"在那里他困惑安静的站着"，就不妥当。"在那里"是 where 的硬译。"安静"则是 still 的粗译，因为困惑的人不容易安静。第二十三行的"这时"也是 while 的直译，但是第二十四行"繁星密叶的天空"却简洁而自然，优于其他译者。第二十八行的"我的"纯属多余，可以删去。最冗赘的一行是"都回响着掉进这寂静屋子的阴森里"，长达十五字，几乎三倍于陈译的短句，而"掉进"也是 fell 的硬译。最后两行译得不算工整，却译对了，也为其他译者所不及。

陈译的《灰松鼠》，除首段外，均不押韵。第三段的句法过分拘泥原文，显得有点破碎，甚至相当难解。"另一面而言"也不自然。《打油诗》译得颇为工整，但是用轻飘飘的虚字"啊"跟实字"怕"押韵，却轻重不分。

十

佳作三的得主傅浩先生和何功杰一样，都是上一届梁实秋翻译奖的得主，同时，在翻译《听者》时，也最能把握原文的格律。不知为何，第九行到十二行的一段，他放弃了押韵。其实如果把第十行的末二字改成"探首"，再把第十二行改成"看他茫然僵立在下头"，问题就解决了。

第二行为了押韵，把"敲击"倒成"击敲"，不够自然。其实来者一共敲门三次，第一次若改为"轻敲"，正可对照后来的"擂击"。第五行的"惊起"虽然合理，却有垫字之嫌。第六行的"盘旋"不对，应该是"掠过"。试想栖鸟若被惊起，应无盘旋不去之理。第十七行到二十行的一段，原文句法迂回曲折，一般译者穷于应付，窘态百出，傅译却能委曲求全，险险过关。第二十一行和二十二行的"陌生"应为"异常"；第二个"他们"也嫌生硬，大可洒脱一点，径改为"为何"或"竟然"。其实第一个"他们"也只是虚设而已，不必译得太落实。真要译得"化"一点，也许可以安排如下：

> 他内心感到情况有异样，
>
> 何以静悄悄无人回答，

中文不惯像英文那样多用代名词，所以把原句的两个 their 和一个 his 扫开之后，译文就自然得多了。第二十四行的"星辉叶影的天空"，浑成流畅，洵为佳译。第二十九行到三十二行这一段，译文未能圆满化解，把 fell 译成"落自"，也不妥当。这一段原就尾大不掉，也难怪众多译者乏术回天。若是不拘原文句法，译得松动一点，或许可以这么过关：

> 冥听的众魂啊一动也不动，
>
> 让阴森森的空厅
>
> 荡漾着这位仅存的生还者

每一句话的回音。

这样译来，未免偏于意译了，难以保留原文独特的句法，但同时却也解脱了许多洋罪吧。傅译的最后四行大致称职，不过"奔驰的"不足以当 plunging，而"回涨"也不贴切，因为急蹄虽然踹破寂静，却未把寂静（的水面）踏低。

　　《灰松鼠》一首的格调，傅译紧密追摹，可惜也误在第四、五行，但更严重的是把 the keeper 译成"养鼠人"。如果真是有人养松鼠，又为何要加以射杀？决审委员一致为此感到惋惜，否则傅译应可进入前三名。《打油诗》译得相当完整，只是结尾不是"我"而是"现眼"，稍欠含蓄。

十一

　　和去年一样，罗章兰女士得了佳作奖。她译的《倾听者》在格律的骨架上大致不差，但若加细究，则不无毛病。首先是单行长于双行的规格未能贯彻，然后是少数韵脚欠稳，例如"门上"和"地上"押韵就不妥当，因为"上"字不但雷同，而且是虚字，非重点所在。"房子"押"嗓子"却颇巧妙，不过"聆听嗓子"不很自然。第二十二行"伊们答他呼喊以停"，虽和第二十四行押上了韵，却成了一个难解的怪句，"以停"收句尤感突兀。

首行来者初次叫门，下应该说"到底"有人在吗。同时，两次叫门的那一声"喂"，都不应擅加。第三十二行"从仍醒着的一人开始"，难与前文衔接，未能译出 fell from 的含意。第三十三行的"脚"可以删去，其后的"如何"也可以省掉，否则在中文里会造成问句的误会。末行"远去的阵阵马蹄声"也不幸与前文脱节，不妨改成"当急蹄的声响消沉"。

罗译《灰松鼠》十分着力，致将每行定为四字，反而失去原诗长短交错之趣。至于押韵，第二段和第四段并不稳当。同众多译者一样，第四、五行也误解了。"杀数以十棵树"一句亦嫌生硬。那首打油诗却译得很好，不过"就怕"可以改为"所怕"。

十二

佳作五由欧馨云女士赢得。她的译文有一大特色，就是误解很少，却几乎不理会原作的格律，其结果是相当散文化。以她所译的《倾听者》为例，最长的一行多达二十字，比起最短的一行"我没有食言"来，简直要长四倍，完全不成比例。至于韵脚，也完全不顾，自由极了。从这样的译文里，读者只能粗枝大叶地知道原文在说些什么，至于原文究竟是怎么说的，就难以把握了。所以一位认真的译者，必须接受原作在形式上的挑战。

欧译的《灰松鼠》把原作穿插交错的句法理顺，译成比较流畅的节奏，虽然减少了顿挫之感，却增加了明快的效果，别成一格。第四、五两行，也未掌握原意。第三段的 on the other hand 译成"则不然"，不泥于原文的字面说法，十分果断，确是精彩。欧译《打油诗》五行，只译出了三、四两行的 b 韵，但是 a 韵就全不理会。第二、第五两行竟以虚字"的"收尾，简直软弱无力。打油诗当然绝不伟大，却也难写难工，若不在文字上锻炼，也难进入妙境，作者如此，译者尤然。

一九九二年九月于西子湾

第六届译诗原文

Home-Thoughts, from Abroad

Oh, to be in England
Now that April's there,
And whoever wakes in England
Sees, some morning, unaware,
That the lowest boughs and the brushwood sheaf
Round the elm-tree bole are in tiny leaf,
While the chaffinch sings on the orchard bough
In England—now!

And after April, when May follows,

And the whitethroat builds, and all the swallows!

Hark, where my blossomed pear-tree in the hedge

Leans to the field and scarers on the clover

Blossoms and dewdrops—at the bent-spray's
    edge—

That's the wise thrush;he sings each song twice
    over,

Lest you should think he never could recapture

The first fine careless rapture!

And though the fields look rough with hoary dew,

All will be gay when noontide wakes anew

The buttercups, the little children's dower

—Far brighter than this gaudy melon-flower!

Robert Browning(1812 – 1889)

The Owl

Downhill I came, hungry, and yet not starved;

Cold, yet had heat within me that was proof

Against the North wind;tired, yet so that rest

Had seemed the sweetest thing under a roof.

Then at the inn I had food, fire, and rest,
Knowing how hungry, cold, and tired was I.
All of the night was quite barred out except
An owl's cry, a most melancholy cry

Shaken out long and clear upon the hill,
No merry note, nor cause of merriment,
But one telling me plain what I escaped
And others could not, that night, as in I went.

And salted was my food, and my repose,
Salted and sobered, too, by the bird's voice
Speaking for all who lay under the stars,
Soldiers and poor, unable to rejoice.

Edward Thomas(1878 – 1917)

第六届译诗组得奖作

游子思乡曲

刘惠华　译

啊，多想生活在英格兰，
那儿正是四月的天气。
某一天早晨你在那儿睁开睡眼，
就会突然发觉春天的气息。
低矮的枝桠和密集的灌木，
簇拥着榆树干吐出了新绿。
苍头燕雀们在果树枝头歌唱，
此刻呀，正歌唱在英格兰的土地上！

四月过去了，五月就来到。
白喉雀做窠儿，燕子们筑巢！
树篱间开花的梨树向着田间探首，
把花朵和露珠撒在苜蓿之上。
听，在这花儿盛开的树上——坠得弯弯的枝头，
那机灵的画眉鸟儿正在歌唱。
他把每一首歌儿重唱一遍，
怕人说那头一遍甜美的欢歌纯属偶然！
别看苍白的露水叫田野显得凄清，
待正午唤醒金凤花时一切都会五彩缤纷。
那是大自然赐予儿童的花朵，
比这俗丽的甜瓜花鲜艳得多！

——勃朗宁

鸥　鹤

刘惠华　译

我从山上下来，饿呀，可还不曾饿坏；
冷啊，可还有体温抗拒北风的侵袭；
疲困哪，可这倒叫屋子里面的休歇，
仿佛变得甜蜜，什么也难和它相比。

于是我在客栈里消夜、烤火和休歇，
我知道我是多么的饿、冷而又疲困。
夜里，万般天籁都被关在大门之外，
只听见鸱鸺一声啼鸣，真令人销魂。

这声音倾泻在山坡之上，悠长、清亮。
它不是欢乐之音，也不曾激起欢乐，
但它向我明白宣示：那夜走进门时，
我已逃脱什么，别人未能逃脱什么。

调味品使我的晚餐别有一番滋味，
这鸟声也耐人寻味，使我睡不安宁。
兵士和穷人有灾星照命，没有快乐，
这鸟儿要为这些可怜人一鸣不平。

——爱德华·托马斯

海外乡思

陈膺文　译

啊，要是在英格兰
现在正值四月

任何人醒于英格兰，

某个清晨，会视而未觉

细叶缀满榆树树干四周

最底的粗枝和成捆的柴枝，

而碛鹨在果树枝桠上高歌

就在英格兰——就是此刻！

四月过，五月旋踵至，

白喉雀筑巢，还有所有的燕子！

树篱内我那株开满花的梨树

倾身向田野将花和露珠撒布

苜蓿之上——在那弯曲小花枝的边缘——

听，聪慧的画眉歌唱；每曲高歌两遍，

唯恐诸君以为他无法再现

那无忧狂喜的美好原音！

田野露水灰白看来粗杂蓬乱，

然一切将形欢愉，当正午再度唤醒

金凤花，那幼童的嫁妆

——远比这炫丽的甜瓜花更为鲜亮！

——布朗宁

猫头鹰

陈膺文　译

来到坡下，我腹空，但未觉饥饿；
寒冷，然体内温热犹可抗阻
北风；倦累，反而更觉休憩
是屋顶下最最香甜之物。

而后在客栈用餐，取火，休憩，
我方知有多饿，多冷，多倦。
整夜阒寂独独闩阻不了
猫头鹰的啼声，极其忧郁的叫喊

在山上空明悠远地抖落，
既非快乐的音符，亦非欢欣的成因，
而是清楚地，在那夜我进入时，
叙说他人未能而我却逃离的事物。

我的食物咸津有味，我的休憩
亦因鸟声变得咸涩而清醒——
它为躺卧群星底下的众人代言，

士兵和穷人，无法欢愉的人们。

——爱德华·汤玛斯

海外乡思

周俊煌　译

嗳！该在英格兰
现在四月已经在那儿了。
在英格兰，有人醒来
有的早晨，会看到，不觉察，
榆树的低枝和树干周围的一捆杂枝
冒着细嫩的新叶，
而莺儿在果园枝上歌唱
在现在的英格兰！

四月过了，五月跟着来，
白颈鸟在筑巢，还有那好多好多的燕子！
听！在篱笆树边我那棵开花的梨树
侧身往田里的苜蓿撒着
花儿和露滴——在弯着的花梢上——

就是那灵巧的画眉；每支歌他要唱两遍，
生怕你认为他无法追回
那第一遍优美的、无忧无虑的狂欢乐曲！
有灰白的露水田野看来虽不很细致，
一切会洋溢着欢欣，等中午来叫醒
那些金凤花儿，自然给孩儿们的礼物
——比这俗艳的瓜花要远为亮丽！

——白朗宁

猫头鹰

周俊煌　译

我走下山坡，饿，但没有饿坏；
冷，但我体内还有热量来
抵挡北风；累，但只累到把休息
当作屋顶下最甜蜜的事情。

后来在旅店我有了食物、暖火，和休息，
才知道我原来多饿、多冷、多累。
夜的一切几乎都被挡在外面除了

一只猫头鹰的号叫，好难过的号叫

扯裂清冷的长空从山上而来，
不是喜悦的调子，没有欢乐的理由，
只是清楚的告诉了我，那天晚上我进去的时候，
我躲掉了什么，而别人不能。

我的食物给加了点盐，而我的休息，
也给加了点什么而清醒，是那鸟的声音，
为躺在星空底下的人们诉说，
士兵和穷人，不能欢乐。

——爱德华·汤马士

乡思在异域

薛鸿时　译

啊，但愿此刻能在英格兰，
那里正是阳春四月天，
谁若是在英格兰

一早醒来，就会发现
榆树四周最低的枝杈上和灌木丛间
已不知不觉地长出了细嫩的叶片，
果园的枝头上苍头燕雀在啼啭，
就在此时此刻的英格兰！

四月过后，五月跟着登场，
白喉雀和燕子都为筑巢奔忙，
在我家篱间，开花的梨树向田间弯腰，
三叶草上洒满露珠和花瓣，
听啊！弯曲小枝的尖端歌声缭绕，
聪明的鸫鸟每首歌都要反复咏叹，
生怕你误以为他缺少才情，
记不住第一遍即兴唱出的曼妙乐音！
尽管洒满白露的田野看来粗糙不平，
正午时那里又将是一片欢欣，
骄阳把孩子们的恩物金凤花重新唤起，
它们远比此地俗艳的番木瓜花明丽！

——勃朗宁

鸱 鸮

薛鸿时 译

我走下山来，饥饿，但尚未成为饿殍，
寒冷，但体内尚有余温可以抵御北风怒号，
疲惫，但正因为如此才使我感到
世上最美妙的事似乎莫过于进屋睡一觉。

在旅舍中，食物、炉火和休息都已得到，
我深谙了饥饿、寒冷和疲惫的味道，
整夜里都没有受到别的惊扰，
只有一只鸱鸮在叫，那最令人凄恻的哀号

悠长、清晰，一声声从山上往下摇落，
没有欢愉的调子，使人无由快乐，
它只是清楚地在对我诉说：
当夜我避进了旅舍而他人却只能露宿。

我的食物太咸，那鸱鸮的声音
又给我的睡眠撒盐，使我痛苦、清醒，
它为普天下一切不得安乐的人们鸣不平，

那些露宿在星光下的穷人和士兵。

——爱德华·托玛斯

海外乡情

郑美源　译

噢，愿在英格兰
此时在那儿正是四月，
而不论谁醒来，在英格兰
某个早晨，不经意的看，
榆树干四周的草丛和最低枝
满是细叶，
正是雀鸟歌于果树枝头的时节
在英格兰！

四月逝，五月随，
黄莺、燕子忙筑巢！
且听，树篱内我那开花的梨树
倚向原野且散落在苜蓿上

鲜花和露珠——在弯枝梢头——
确是聪明的小鸟；每首歌唱两遍，
免得你以为它不再捕捉
那初度、美好、无忧虑的狂喜！
虽然原野看来灰茫的起伏
当正午重新觉醒，一切都将呈现喜悦
黄色金凤花，稚童们的家私
——远较此华丽的蜜瓜花更亮眼！

——布朗宁

夜　枭

郑美源　译

我下山来，饥但尚不饿；
冷，但内心有热
以抗北风；疲乏，
却突显休憩屋内乃至甜美事。

然后我在旅店享用了食物、炉火，和休憩，
明了我曾多么饥、冷和疲乏。

196

夜的一切全被拒门外，只除了
一只夜枭的啼声，至悲哀的啼声

散落于山丘上，长且清亮
无快乐之调，也无快乐之因，
但是清楚说明我所躲过的
而其他人未能，那晚，当我住店时。

我的食物是咸的，我的休憩，
也不安稳，而且因夜枭之啼声而清醒
为所有躺在星空下，
无从快乐的兵士和穷人代言。

——爱德华·汤玛斯

乡愁与夜思

第六届译诗组综评

一

　　本届诗组的两题都不好译，一大原因是两诗都有韵脚，也都有不少回行，而且各有一个横跨六行的长句：其实白郎宁的诗，第一段八行虽然不很繁复紧凑，在文法上也是一个长句。

　　白郎宁的《海外乡思》是一首名作，几乎入选一切英诗选集。此诗发表于一八四五年，当时作者三十三岁，从末行看来，应该是写于南欧，尤其是意大利。次年（一八四六年）白郎宁和伊丽莎白·巴瑞特（Elizabeth Browning）结婚，并远去意大利定居。此诗之作，当在此事之前：若是婚后，则虽在海外，但新婚燕尔，幸福就在身边，想必不会如此怀乡。

英国名诗人中，有三位汤默斯。声名最显赫的威尔士人是狄伦·汤默斯（Dylan Thomas, 1914—1953），现仍在世的朗诺·史都华·汤默斯[1]（R.S.Thomas，1913—2000）也是威尔士人。爱德华·汤默斯（Edward Thomas, 1878—1917）的诗名不如狄伦之盛，诗风也不属于正宗的现代派，但是他的作品颇能掌握大自然与英国乡村的感觉，在貌若平实的语言之中表现洞见。佛洛斯特（Robert Frost）未成名时旅居英国，即与他相知，对他的诗颇有影响。这首《猫头鹰》是他的名作，写于一九一七年。那是第一次世界大战结束的前一年，爱德华·汤默斯也就在那一年阵亡于法国北部的阿拉斯（Arras）。诗末提到兵士在星空下露宿，正是战场的写照，但是又有客栈可以投宿，足见诗人当时未必是在法国。

二

第一名刘惠华把诗题译成"游子思乡曲"，意思不

---

1. 第六届梁秋实文学奖的举办时间是 1993 年，R.S.Thomas 于 2000 年逝世。

差，却不很忠于原文，"曲"字尤其可免。相比之下，还是陈膺文的译题"海外乡思"较为干净平实。此诗原文的句法，一共有八个回行，占全诗三分之一以上。刘译却把众多回行截长补短，全都理顺成煞尾句，这么做，固然迎合了中国读者读诗的习惯，却失去了西洋诗在句法上开阖多变的特色，总是不够传神。译诗，不但要译其神采，也要译其形式，因为那神采不能遗形式而独立，必须赖形式以传。

刘译在韵脚的安排上，亦步亦趋于原作之后，颇为忠实，不过为了押韵，有时却扭曲文词，失去自然。例如首段第二、第四行末的"天气"与"气息"，就是为韵而设，实为原文所无。第八行原文是 in England——now！不过四个音节，译文"此刻呀，正歌唱在英格兰的土地上"却长达十四字，可谓失控。如何控制每行的长度，正是译诗者应该修炼的功夫。其实此行若求简洁，不妨译成："此刻啊，在英伦故乡！"五、六两行刘译处理得很成功，远胜其他得奖译者。可惜第七行的 the chaffinch 译成了"苍头燕雀们"，读来西化累赘，何况原文并非多数，更是画蛇添足。同理，后段次行的 all the swallows，与其译成"燕子们"，不如译成中国文学里现成的"燕群"或"群燕"。

刘惠华先生乃大陆学者，在译文中多用那儿、窠儿、花儿、鸟儿、歌儿之类的儿化语，固亦无可厚非。不过如此的儿化语毕竟是方言俚语，不是普通话，更非书面语。"五四"初期的新文学作品，颇流行儿化语，一片"我手写我口"的俚腔，今日读来，总有一点浅俗之感。最重要的是：白郎宁此诗虽然流畅自如，究非歌谣小调，更不宜多用牙牙儿语。

后段的第三、四、五行及第六行的前半，一共三行半实为一句：

Hark, where my blossomed pear-tree in the hedge
Leans to the field and scatters on the clover
Blossoms and dewdrops——at the bent-spray's
    edge——
That's the wise thrush;

刘译是这样处理的：

树篱间开花的梨树向着田间探首，
把花朵和露珠撒在苜蓿之上。
听，在这花儿盛开的树上——坠得弯弯的枝头，
那机灵的画眉鸟儿正在歌唱。

原文三行半的结尾只用了一个分号（；），刘译却已用了两个句号，文气为之中断，原文的两个回行也不见了。把"听"字移后两行，却是对的，因为原文的散文结构其实是：Hark, that's the wise thrush at the bent spray's edge where my blossomed pear-tree in the hedge leans to the field and scatters blossoms and dewdrops on the clover 前引刘译四行的第三行"在这花儿盛开的树上"，等于重复第一行，其病即在句法分割过甚。其实"花儿盛开的树上"也太费词，大可简化为"繁花的树上"，那一行就不必如此冗长了。相比之下，这三行半在陈膺文的译文里就较为简洁。我认为不妨再予简化，或许可以这么安排：

篱间我家那繁花的梨树

探向野外，朝着苜蓿撒下

落英和露水——就在低桠尽处，

听，那伶俐的画眉；

"低桠尽处"正是梨树探出围篱的远枝，如此译来，文意当较顺畅而鲜明。bent-spray 当然可译"弯枝"，但是 bend 除"弯曲"外，尚有"低垂"（stoop, bow）之意。花繁露重，又来画眉栖息，想成"低桠"该是合理。spray 当然是繁花小枝,不过前文既已交代梨花盛开,也就可免重述了。

咏画眉的三行原文,前两行均为十一个音节,末行短俏收句,只有七个音节;刘译的三行依次为十二字、十一字、十六字,和原文句法相去太远。"怕人说……纯属偶然"一行是意译,有点大而化之,却把 recapture 强劲的动词绕过去了,当然也就失去了 recapture, rapture 天造地设的呼应。Careless 字,许多人都译成"无忧"。此字当然有此意,但是它也有"随意""随兴""漫不经心"的含意。"无忧的狂喜"形成了无谓的重复,失之浅薄,高明如白郎宁当不至如此。所以 the first fine careless rapture 一行,意思该是"那美好而随兴的狂喜初吟"。

末四行中的 hoary dew 正是我国古诗所谓的"白露",不必费词译成"苍白的露水"。Rough 译作"凄清",太讨巧,太方便了;其实此字也有"零乱"之意。刘译把 gay 译成"五彩缤纷",是对的。此字的第一义当然是"欢悦",但另一要义正是"缤纷":其间的关系可谓"转喻"(metonymy)。莎士比亚的谐歌《春天》是有名的前例:

When daisies pied and violets blue,

And lady-smocks all silver-white,

And cuckoo-buds of yellow hue

Do paint the meadows with delight...

杂色、蓝色、银白、黄色：各色花卉把原野绘出
一片喜气洋洋。Delight 就是 gay，含有五光十色之意。
刘译把末四行全都理顺，成了势如破竹的煞尾句，不
但丧失了 when noontide wakes anew / The buttercups
回行的顿挫，更疏远了 dower 紧接 buttercups 的同位
字关系，因此不如陈膺文的中译那么贴切原诗。

三

第二名得主陈膺文，笔名陈黎，是少壮一代的杰
出诗人，在西洋现代诗的译介上也素有贡献。诗人译
诗，通常要比纯学者译诗来得灵活，而且更有诗味，
也就是说，较能免于散文化。陈译的《海外乡思》生
动而流畅，句法也颇贴切原文，只可惜有几个地方不
对或不妥，功亏一篑。

不知何故，前段的第二行末（现在正值四月）未
加标点。第四行的"视而未觉"（sees...unaware）

也有问题。不少译者也是如此诠释。unaware 这个字，当形容词的时候是"不觉"（unconscious），但是当副词则有二义：一为"不觉"，另一则为"不备"（unexpectedly），"不防"（by surprise），而与unawares 相通。Catch（or take）somebody unawares 正是此义的成语，意为"乘其不防""出其不意"。白朗宁毕竟是十九世纪中叶的诗人，他用此字，正是副词第二义。他用 unaware 而不用 unawares，是为了要和 there 押韵。小一点的字典未必详加说明，致一般译者未能细察。因此"视而未觉"不太合理，不妨译成"无意间发觉"、"忽然发觉"或"讶然发觉"。

The lowest boughs and the brushwood sheaf，陈译"最低的粗枝和成捆的柴枝"，有二不妥：一是未与前行协韵，另一是"成捆的柴枝"不能生出细叶。按 brushwood 有二义：一为 cut or broken-off branches，另一为 dense undergrowth；此地当然应采第二义。Sheaf 固然是"成捆（禾稻或柴薪）"，但是榆树四周簇拥着的，该是丛丛灌木，而非成捆柴枝。所以刘惠华将这一行译成"低矮的枝桠和密集的灌木"，是对的。

前段末行"就在英格兰——就是此刻"，为了切合原文的简洁，不妨将"就是此刻"再浓缩为"此刻"。

后段的"旋踵"（首行）、"诸君"（第七行）、"然"（第十行）三处，比起原文来都嫌文了一点，"诸君"更似乎显得突兀，而且谐谑。第六行的"歌唱"本为原文所无，又与后文"高歌"重复，应可免去。第八行把 the first fine careless rapture 译作"那无忧狂喜的美好原音"，也不妥。Careless 在此地并非"无忧"，而是"随意"，已如前文所述，否则"无忧狂喜"难自圆其说。"原音"在此也并不好懂，或可改为"初吟""初啭"之类。

四

刘译《鸫鸟》几乎把原文的回行都补齐了，在形式上是种扭曲，但每行长度控制得体，韵脚也踏实稳健，乃其优点。首段译得相当畅达。"饿呀""冷啊""疲困哪"几个感叹词，用得生动自然。一般译者难在中文里区分 hungry 和 starved，窘态毕现。刘译说成"饿呀，可还不曾饿坏"相当得体。不过"屋子里面的休歇"不太像话，中文的说法该是"在户内休歇"。Sweet 也不一定就得译成"甜蜜"，那一行不妨译成："仿佛变得真惬意，无可伦比。"

第二段首行"于是我在客栈里消夜、烤火和休歇",一连三个动作,并列即可,不必在后面加上连接词"和"。中文说"云破月来花弄影",三件事一口气串成,不用说什么"云破、月来,以及花弄影"。次行的"我知道"不如说"才发现","饿""冷"不如说"饥寒"。第三行的"万般天籁"说得太重了:天寒日暮,户外想必萧瑟,不会有万籁那么热闹,不如改成"整个寒夜"或"漫漫长夜"。Except译成"只听见",相当灵活。第四行在原文是开放的回行,整句话要留待第三段,还有四行才说得完,更显得其啼声shaken out long and clear,但在译文里却不幸横遭断句,断送了一气贯串两段的句法。同时,"销魂"一词不但嫌旧,而且兼有感受至悲与极乐之义,用意相当暧昧。

第三段次行的no merry note是一个"反典故",源出莎士比亚的谐歌《冬天》咏枭的两行:Then nightly sings the staring owl ╱ "To-whit! To-whoo!" A merry note,爱德华·汤默斯反用其意,说是何乐之有。这典故不知道也不影响译文,不过译者可以不知,学者却不可不知。末行"我已逃脱什么,别人未能逃脱什么",说得重复而刻板,失之散文化。不妨这样说:"我所幸免,而别人未能的,是什么";或是"我逃掉了的,别人却逃不脱"。

第四段的两个 salted，令众多译者束手无策，译得十分辛苦。其实 salt 一字，当名词有"调味品""刺激剂"之意，当及物动词则为"佐味""助兴"（to give flavor or piquancy to）。成语 with a grain of salt（加一点盐）则有"姑妄听之""未可全信"之意。本诗首段说诗人饥寒疲困，次段说充饥、御寒、解困之余，如何自知刚才有多饥寒疲困，但经第三段夜色深处的枭啼一点醒，忽动悲悯之心，顿悟己身之福，众生之苦。推己及人，不忍独幸，正是此诗主题。

因此末段是说，长夜漫漫，枭声传来，似在啼饥号寒，愈加显得户内温饱而户外无依。于是食物特别知味，睡眠特别满足，却因鸟声在耳，枕上反觉神志清醒，难忘浩阔的星空下，还有征夫贫民饥寒交迫，无由欢欣。本诗从自我的 I 开始，以枭为转捩，推及他人的 others，而怀抱众生的 all，这种民胞物与的精神，直有儒家的气象，和《海外乡思》的纯感性纯抒情颇不相同。

由此观之，刘译的末段颇有不合。前后两个 salted 的来源都是 by the bird's voice，所以晚餐的滋味不是调味品所致。第二行虽不贴切原意，但别出心裁，颇具诗意。Lay under the stars 是露宿星空之下，里面的星是真实的，具有临场感性。刘译"灾星照命"却引申其义，沦为间接而抽象，弄巧成拙，反倒不美了。

五

　　陈膺文所译的《猫头鹰》，对原文的句法与格律，颇能亦步亦趋，句长虽然没有完全控制，但除第三段外，韵脚也都比照原文了。

　　可惜首段的 hungry, but not starved 译成"腹空，但未觉饥饿"，太轻描淡写了，不符原文。"腹空"和 hungry 距离还不大，但是"饥饿"和 starved 就大有出入了。Starve 的意思是 die because of hunger（饿死），或是 suffer severely because of hunger（饿坏了，饿惨了）。何况，"腹空"而"未觉饥饿"，也说不太通。

　　次段第三行"整夜阒寂独独闩阻不了（猫头鹰的啼声）"，是极美的诗句，但不尽是原文的用意。All of the night was quite barred out 是说，店门一上闩，夜，就全部关在户外了，却漏进一只猫头鹰的啼声。"一只"仍应译出，俾与"全夜"对比。原文讲的是空间，是整个夜色，而非时间，非通宵整晚。其时应在初夜，所以还不能径说"整夜"。

　　这问题并不太大，倒是第三段末二行，时间上没交代清楚。Telling me plain what I escaped / And others could not, that night, as in I went 陈译作："而是清楚地，在那夜我进入时，/ 叙说他人未能而我却逃离的事物。"照陈译的语法，"在那夜我进入时"乃是修饰"叙说"的表时间之副词片语（temporal adverbial phrase）。也就是说，陈译对原文的读法（reading），是这样的：As I went in that night, telling me what I escaped and others could not。但是在原文中，as I went in that night 这时间性的副词片语，修饰的动词是 escaped，不是 telling，所以正确的译法应该是："而是清楚地叙说，在那夜我进入时 / 他人未能而我却逃离的事物。"不过原文的次序，是我能在前而他人未能在后，所以更贴切的译法或是这样：

　　而是坦告我，当晚我走进客栈，
　　逃避了什么东西，而他人未能。

　　如果我们细读末段，就会发现，以 S 起头或收尾的字眼很多（salted, sobered, voice, speaking, stars, soldiers, rejoice），颇有丝丝细语，私心思索的声响效果。这一点，就无法奢求于译文了。

六

　　佳作之一王熹喻所译的《异国思乡》，大致上译得很好：不但句法与句长切合原文，而且语言纯净，节奏流畅，除了后段七、八两行未照原文互押之外，通篇的韵脚都井然有序，实在难得。In England——now！这一句译成"就在英格兰——今朝！"句短情真，贴切原文。一般译者误解为"无忧的狂喜"的 careless rapture，王译是"无心的狂喜"，更见高明。正因为怕听者以为初唱的妙音是无心而发，碰巧而灵，所以要再唱一遍，证明是随心所欲，屡试不爽。照功力看来，王熹喻原应进入前三名，只可惜她还是不够小心。

　　最不该的一处，是没有人会出错的，她却错了。Pear 竟看成了 peach，该是前三个字母相同之故，所以梨树变成了桃树！前段第四行末的 unaware 译成"浑然不觉"，也不对。后段第六行长达十六字，与前后各行不配。其实后半行可以简化为"每一曲都会再吟"。第九行的"露水灰茫"也不自然，何不用现成的"白露"呢？

　　《枭》一首也译得不错。只是首段的"饿"与"饥困"仍难区分，而"困"字又与后文的"累"字重复。末行七字未免太短，若改为："在客栈，该是何等的舒畅。"这么一来，仍然保持韵脚。次段首行把"休息"放在"炉火""食物"之前，完全颠倒了原文 food, fire, rest 的顺序，不合实情，也无法配合次行"又饿，又冷，又累"的排法。当知饿在先，累在后（因而食在先，歇在后）乃本诗不移的次序，证之首段、次段、末段皆然，所以译文中不可打乱。

次段的"夜枭怪鸣"不如"一枭独鸣"，因为前一行已说是"暗夜"了，而"怪"字又与"沉悲"不谐，同时原文明言 an owl，其独鸣之凄苦应予强调。至于前一行的"独余"，不妨改成"但余"，俾免重复。第三段的"山间"与 upon the hill 仍有出入。不知为何，此段译文没有押韵。我建议不妨把"欢喜"改成"喜欢"，再把"在那晚，当我进屋"改成"当那晚我进客栈"，就可以了。末段处理两个 salted，明快伶俐，很聪明，但是"因着枭叫／诉情"却很糟。"因着"绝非纯净中文，时下用者却多，实应戒之。不妨这么说吧："只因一枭夜号，／诉说星空下露宿着众生，／战士、穷人，都无缘于欢笑。"

七

佳作之二周俊煌所译《海外乡思》，不但句长失控，而且根本无韵，在形式上未能善尽译者之职。前段一共用了六个"在"字，毋乃太多。"会看到，不觉察""一捆杂枝"两处，也都错了。后段次行，用"好多好多的"来译单一个 all 字，失当。"无忧无虑的狂欢乐曲"，犯了常误。"一切会洋溢着欢欣，等中午来叫醒／那些金凤花儿"，也弄错了时间，令人误会田野是一面洋溢欢欣，一面等待中午来叫醒金凤花。原文却是："只等中午叫醒金凤花，一切就会洋溢欢欣。"

周译《猫头鹰》比前面那首《海外乡思》较佳，但是仍然无韵，也未限制句长。首段"饿，但没有饿坏"，译得高明。"累，但只累到把休息当作……"一句却不妥，不妨改成"累呀，累得把休息当作……"次段第三行，既有后面的"除了"，则前面的"几乎"就可删去。第三段的"扯裂"用语嫌重。第三行十九个字，冗长无度，乃一大病。翻译英诗，首要之务就在约束每行长度，才能紧随原文，不致参差太甚。其实此行不难浓缩，例如"只是坦白告诉我，当晚我进屋"，就是一法。我想忠告有志于文学翻译之士，不妨多读古典作品与旧小说，多多留意简洁自然的句法，日后遇到需要精炼、浓缩、对仗等等的关头，就不致拘泥英文的说法而束手无策。

末段的 salted was my food 译成"我的食物给加了点盐"，过于直译，其意难明。末行的"不能欢乐"

若改成"不能欢欣",不就跟前二行的"声音"押韵了吗?译诗,怎可如此不顾格律?

八

另一佳作为薛鸿时所译的《乡思在异域》与《鸥鸮》。薛译对于韵脚照顾周到,却又失之过甚,例如《乡思在异域》的前段,竟然八行一韵到底,呼应太频,失之浮滑;又如《鸥鸮》的每一段,也是四行全押一韵,成了反效果。

薛译另一不足,在于添字加词,好将句子拉长。例如"那里正是四月天"原来已足,却凭空加上两字,成为"那里正是阳春四月天",便失之于浮。何况英国春迟,四月尚未全盛,所以艾略特要说"四月是最残酷的月份"。又如《乡思在异域》末二行,"骄阳"与"它们"均属多余。"正午"已经包括了"骄阳",不必露骨点明;至于"它们",更是中文里少用为妙的代名词,何况本为原文所无,而在中译里所指的名词"金凤花",也不像原文的 buttercups 能看出是多数来。

《乡思在异域》后段第五行的"歌声缭绕"纯属无中生有,只为了与前两行的"弯腰"押韵。第七行的"缺少才情"也为原文所无。第八行的"记不住"和原文的 recapture 并不相同，但是"即兴"用来译 careless 却别出心裁。《鸱鸮》的诗行都太长了，而且把回行都泯化为煞尾句，仍与原文句法的简洁之中有顿挫，不合。例如首段次行"寒冷，但体内尚有余温可以抵御北风怒号"，便是失之冗长而又不顾回行。次段为了押韵，把第三行译成"整夜里都没有受到别的惊扰"，也与原文 All of the night was quite barred out except……颇有出入。末段前二行把 salted 译成"太咸""撒盐"，都不对，也不易懂。Sobered 也没有"使我痛苦"的意思。

九

佳作之四得主郑美源，对于句长和韵式都不注意，却相当照顾回行，所以译文读来有点像自由诗。《海外乡情》第五行首段"榆树干四周的草丛和最低枝"有二错：首先是最低枝不该放在后面；其次，brushwood 并非草丛，何况草丛也不可能"满是细叶"。鸟类的译名相当随便，尤其是把 thrush 泛泛称为"小鸟"，更不可思议。"无忧虑的狂喜"也犯了重复之病。次段倒数第四行：And though the fields look rough with hoary dew 译作"虽然原野看来灰茫的起伏"，竟把露水给漏掉了。其后两行的"觉醒"与"金凤花"之间，似乎并无直接关系，令人看不出"金凤花"是"觉醒"的受词了。

《夜枭》首段首行，"饥但尚不饿"，不但难以区分饥饿，而且读来拗口。末行的"突显"，乃台湾时下报刊上流行的用语，不如用"显得"来得自然。次段首行长十六字，比前后两行多出许多字来。末段前两行读来，似乎枭啼只影响了休憩，而不及于食物。至于"我的食物是咸的"那半行，也与上下文不相衔接，太突兀了。末二行"为所有躺在星空下……的兵士和穷人代言"，照语气看来，倒像是在说"我"，而非枭的啼声。

第七届译诗原文

Hymn to Diana

Queen and huntress, chaste and fair,
  Now the sun is laid to sleep,
Seated in thy silver chair
  State in wonted manner keep:
    Hesperus entreats thy light,
    Goddess excellently bright.

Earth, let not thy envious shade
  Dare itself to interpose;
Cynthia's shining orb was made

Heaven to clear when day did close:

    Bless us then with wishéd sight,

    Goddess excellently bright.

Lay thy bow of pearl apart

    And thy crystal-shining quivér;

    Give unto the flying hart

    Space to breathe, how short soever:

      Thou that mak' st a day of night,

      Goddess excellently bright.

Ben Jonson(1572 – 1637)

The Cloak

Into exile with only a few shirts,

Some gold coin and the necessary papers.

But winds are contrary: the Channel packet

Time after time returns the sea-sick peer

To Sandwich, Deal or Rye. He does not land,

But keeps his cabin; so at last we find him

In humble lodgings maybe at Dieppe,

His shirts unpacked, his night-cap on a peg,

Passing the day at cards and swordsmanship

Or merry passages with chambermaids,

By night at his old work. And all is well—

The country wine wholesome although so sharp,

And French his second tongue;a faithful valet

Brushes his hat and brings him newspapers.

This nobleman is at home anywhere,

His castle being, the valet says, his title.

The cares of an estate would incommode

Such tasks as now his Lordship has in hand.

His Lordship, says the valet, contemplates

A profitable absence of some years.

Has he no friend at court to intercede?

He wants none: exile's but another name

For an old habit of non-residence

In all but the recesses of his cloak.

It was this angered a great personage:

Robert Graves(1895 – 1985)

第七届译诗组得奖作

月亮女神赞

刘齐生　译

圣洁而美丽的狩猎女王，
　　现在太阳已经躺下安息；
请您坐在您的银色椅上，
　　显示着您那惯有的威仪。
　　　分外光明的月亮女神哪，
　　　金星要向您乞求光泽啦。

大地呀，别叫你的妒忌阴影

仗着胆子出来插手其中；
白昼完了，要由月亮女神
　　用灿烂的玉轮照耀苍穹。
　　　　分外光明的月亮女神哪，
　　　　把憧憬的壮观赐给我们罢。

搁下您那珍珠一般的弩，
　　还有您那银光闪闪的箭；
且让那飞奔不息的红鹿
　　喘口气儿，不论多短暂。
　　　　分外光明的月亮女神哪，
　　　　您把黑夜变成了白昼哇。

————琼生

大 氅

刘齐生　译

他被流放了，只带着几件衬衫、
一些金币和必要的证明文件。

221

遇上打头风，英吉利海峡的班轮
两次三番地把这位晕船的贵族
送回散威季、迪耳或赖镇。他没上岸，
只是守着船舱；末了我们看到他
待在也许是第厄普的寒碜客舍里。
衬衫从包裹取出来了，睡帽挂钉子上；
白天他在打牌和舞剑中度过，
要么和女服务员高高兴兴地聊天，
晚上干自己的老活儿。万事顺遂——
乡下的酒虽然很烈，却有益于健康，
而法语是他的第二语言；忠实仆人
刷了他的礼帽，又给他送来报纸。
这位贵族到哪儿都感到安然，
仆人说，他的头衔就是他的城堡。
如果为了产业伤神，那就会妨碍
爵爷今天这样正要进行的工作。
仆人又说，爵爷心中反复盘算着
要过几年有益处的流亡生活。
难道朝廷里没有朋友替他说情？
他不要朋友说情：流亡只不过是
到处流徙的别名，像往常那样
除了隐蔽在大氅里便无处藏身。

是这才使得一个伟人感到恼火。

——格雷夫斯

狄安娜赞

傅浩　译

女王兼女猎手，贞洁而美丽，
　　既然太阳已沉入睡眠，
就请安坐在您的银制宝座里
　　像平素一样保持庄严；
　　　海斯珀茹斯乞求您的光明，
　　　明艳超群的女神。

大地，别让你那妒忌的阴影
　　壮起胆子来插手干预；
辛茜娅用她闪耀的光轮已经
　　在白昼结束后澄清天宇；
　　　请以如愿的景象祝福我们，
　　　明艳超群的女神。

请放下您那珍珠镶饰的弓弩

　和您那水晶般闪亮的羽箭；

请赐给那飞奔逃命的雄鹿

　喘息的时间，无论多么短暂：

　　把黑夜制造成白昼的您

　　明艳超群的女神。

——琼生

披　风

傅浩　译

仅仅带着几件衬衣、一些金饰

和必需的文件去流亡。

但风总是逆吹：英伦海峡的邮船

一次又一次把那晕船的贵族送回

到三维治、迪尔或腊伊。他不上岸，

而是留在舱内；所以最终我们发现他

也许在第埃珀的简陋的寄宿处，

他的衬衣从行李中取出，睡帽挂在墙上，

借玩纸牌和练习剑术或者与女佣们

调笑闲聊消磨白天的时光，

到夜晚则干起他的老行当。一切都好——
乡下的酒虽很烈但有益于健康，
法语是他的第二语言；一个忠诚的男仆
为他刷帽子，拿报纸。
这位贵人在任何地方都安适自在，
他的城堡，那男仆说，不过是他的封号。
为管理一块封地而操劳会妨碍
他老人家现在手头上正从事的这些工作。
他老人家——那男仆说——打算
离开几年，这样有好处。
难道他在宫廷里就没有朋友替他说情？
他不想要谁去说：流亡不过是
把全身几乎都裹藏在披风深处
居无定所的老习惯的别名而已。
正是这一点惹怒了一位大人物。

——格瑞夫斯

黛安娜之颂

周俊煌　译

女王猎神，纯真美，

225

此刻日头已沉眠，
你高坐银銮宝位
　　后仪一向好威严：
　　　海焙拉迎你辉光
　　　女神真的好明亮。

地君，莫拿你妒嫉
　　暗影去无礼干扰；
杏曦雅光华普济
　　穹苍清明日没了：
　　　赐我们希望景光，
　　　女神真的好明亮。

放下你珍珠宝弓
　　和你的晶莹箭囊；
让逃跑中的鹿公
　　偷空喘息，好匆忙：
　　　你化暗夜为昼光，
　　　女神真的好明亮。

——强生

庇 荫

周俊煌　译

去流放只带几件衬衣，
一些金币和必要的文件。
风却一直反逆地吹：海峡的邮船
一次又一次把晕船的贵族送回
汕埠、迪埠或莱埠，他不下船，
待在船舱；最后是在荻泊罢，在
不显眼的住宿处我们见到他，
衬衣拿了出来，睡帽在帽钉上，
白天打牌练剑或是
跟整理房间的女仆开玩笑，
晚上做他一向在做的事。一切美好——
土酒虽烈却有益健康
法文是他的第二语言；有个好跟班
帮他刷帽子拿报纸。
跟班的说，这贵族随遇而安，
他的爵位就是他的城堡。
封邑的管理会干扰到
爵爷现在手头的工作。

跟班的说，爵爷正在计划
好好地利用在外头的几年。
难道没有朋友在宫中为他进言？
他都不要：除了一些边远之处
庇荫下所有其他地方他都不住，流放
只不过是这老习惯的另一个说法。
这就激怒了一个大人物。

——葛雷佛斯

黛安娜赞

李政展　译

女王暨猎人，贞洁而美丽，
　太阳既已入眠，
坐着你的银椅
　神态一如以往习惯：
　　黄昏星乞求你的光芒，
　　女神优越明亮。

大地，别让你羡妒的黝暗

　　胆敢介入；

辛西雅闪耀的天体转变

　　空穹成清澈当白昼结束：

　　　　祝福我们吧以心许的景象，

　　　　女神优越明亮。

搁下你珍珠的弓弩

　　和你水晶般灿烂的箭囊，

给飞奔的雄鹿

　　有时间呼吸，无论短长：

　　　　你化黑夜为昼晌，

　　　　女神优越明亮。

　　　　　　　　　　　　——强生

披　风

李政展　译

只带了几件衬衫去流亡，

以及一些金币和必要的文件。

但风却相反：英吉利海峡的邮船

一次又一次遣返晕船的贵族

到沙威治、堤鄂或莱。他不上岸，

反而逗留船舱；我们终于发现他

身处陋室或许是在迪耶港吧，

衬衫没打包，睡帽在挂钉上，

终日玩牌和舞剑

或与女仆们来往嬉戏，

夜里重操故业。而一切都很好——

乡下的酒虽烈但补身，

法文是他的第二外语；忠仆

刷拭帽子并送来报纸。

这位贵族总是无拘无束不论何处，

他的城堡就是，仆人说，他的头衔。

照料地产会妨碍

此等差事一如阁下他目前手头上这桩。

阁下他，仆人说，盘算

裨益的出走几年。

他在宫廷没有朋友可以调解吗？

他一个也不要：流亡只是别名

属于居无定所的老习惯

那儿也不停留只待在他的披风深处。

就是这样才惹恼了某位大人物。

——格雷夫

狄安娜颂

吴信强 译

女王和狩猎女神，纯洁而美丽，
　　此刻太阳已被送上床，
你坐在自己的银椅里
　　保持着姿态惯常：
　　　黄昏星求助于你的亮光，
　　　月亮女神你多辉煌。
地球，别让你忌妒的阴影
　　胆敢来从中阻挡；
当白日已尽，辛西姬炯炯的眸子
　　使天宇变得明净清朗：
　　　再以令人企盼的景象为我们祝福，
　　　月亮女神你多辉煌。

收起你的珍珠弓

　和你那晶莹透亮的箭囊；

给那头飞翔的公鹿

　一点喘息时间，那怕不长：

　　是你使黑夜变成白昼，

　　月亮女神你多辉煌。

——琼森

斗　篷

吴信强　译

只带了几件衬衣，一些金币

和必要的证件，他开始流亡。

可是逆风呼号：海峡的渡轮

一次又一次把这位晕船的贵族送回

桑威其、迪尔或赖伊港。他没上岸

坚持留在船舱：所以我们最终也许

在狄埃普港简陋的客栈里发现他，

解开衬衣包，把睡帽夹在衣夹，

他玩牌、舞剑，或与旅馆女侍

说说笑笑消磨着时光，

到晚上便操起老行当。一切都顺当——

乡村美酒味儿虽凶却有益于健康，

法语他也还算流利；忠实的家仆

为他刷帽还给他捎来新闻报。

家仆说，他的府邸就是他的头衔，

所以这位贵人到那儿都觉得自在。

照料庄院眼下会打扰

爵爷大人他手头的使命。

家仆说，爵爷他自有计议

离家几年准会有利可图。

难道他没有朋友在朝廷为他说情？

他并不需要：流亡不过是

哪儿都不住就躲在斗篷底下

这个老习惯的新名称。

正是这个新名称让一位要人觉得气愤。

——格雷夫斯

望月披风
第七届译诗组综评

一

第七届"梁实秋文学奖"的翻译类，译文组的两段散文，均出于小说大家之手，但是译诗组的两篇作品，其作者却是当行本色的大诗人。班江森在伊丽莎白时代虽与莎士比亚齐名，其实比莎翁小九岁，更晚死二十一年，已经更属十七世纪了。至于格雷夫斯，在一般读者之间虽以历史小说最为闻名，却是多才多艺几近全能的作家。出版的著作，从小说、自传、散文、评论、诗到翻译，多达一百十多本。他的诗在古典的蕴藉之中寓有现代感，可称大家，诗名却不像叶慈、艾略特那么显赫。其原因是：他的风格不像一般现代诗人的那么"前卫",加以他多年隐居西班牙的马佐卡岛（Mauorca），不但鲜与英国本土的文坛往还,甚至时常抨击"正宗"的现代诗大师如叶慈等,所以人缘不佳,却也自甘寂寞,宁居逆流。

二

第一名刘齐生把班江森的诗题译成"月亮女神赞",当然不错。其实更浑成的说法,不妨简化为"月神赞",至于性别,诗中自见分晓。这是一首十分严谨的格律诗,不但每段六行严守ababcc的韵式,而且每行都限定七个音节,重音置于第一、三、五、七的音节。译文无法悉依原式,至少也应尽量追随。除了有两处稍属例外,刘译的每行都限于十字,非常整齐。可是整齐之余仍须做到自然,始为圆满。例如首段的第三行"请您坐在您的银色椅上"（seated in thy silver chair）,便不够妥帖。在原文中,这一行的文法身分只是"分词片语",不是主动词所在,因此不宜说成"请坐"。其次,连用两个"您"字,亦为费词,不但是原文所无,而且中文里也不宜多用代名词;何况thy字古色古香,"您"字非但不合,也客套得多余。

本诗中 thy 字出现五次，刘译有三次译成"您那"，似皆失之于俚。

译文自限每行十字之后，其实可以弹性处理，不必硬凑字数，因为原文的每行七个音节也偶有出入。例如次段的第四行其实是八个音节，但 heaven 只算一个音节，其后的第五行本为六音节，却把 wished 读成了两音节的 wishéd。末段的第二、四两行也均为八音节，但 quiver 与 soever 押的算是"阴韵"（feminine rhyme），可以不拘。由此可见，每行七音节只是原则，并非绝不变通。所以译文每行字数，也不必生硬凑合。

刘译首段末二行用"哪""啦"来押韵，很不妥当。这两个字只是感叹词，亦皆虚字，不足以充韵脚。所以勉强凑韵，也只是因为要凑足每行十字。这，就是我前文所提醒的，整齐不可牺牲自然。同样地，次段末二行以"哪""罢"互押，末段末二行以"哪""哇"为韵，都嫌勉强而不踏实，宜皆删去。其实次段末二行的"神""们"已经押韵；末段末行的"白昼"只要改成"天明"，也就勉可与前行的"女神"成韵了。我建议，每行字数不妨在八字与十字之间伸缩调适。且以首段为例，稍加修改如下，不知刘先生以为如何？

圣洁而美丽，狩猎的女王，

太阳已经躺下来安息，

靠在你银色的宝座上，

展现出你惯有的威仪：

分外光明的月亮女神，

金星正乞求你的光临。

次段首行长达十一字，宜删一字；同时，"妒忌阴影"非但拗口，而且语意欠明，会生"对阴影（而非对月光）的妒忌"之误解。所以整句可改为"大地，莫让你善妒的阴影"。次行"仗着胆子出来插手其中"也不很自然，若改成"胆大妄为来挡在当中"，当较稳实而且响亮。第三行后半段 when day did close 译成"白昼完了"，未免太白，不妨考虑"白昼已终"。末行的 wishéd sight 译成"憧憬的壮观"，甚佳。行首的"把"字可以不要。

末段首行的珍珠、次行的水晶，无非是影射露水与月亮，即虚即实，原是诗艺，不可说破。译文把 bow of pearl 说成"珍珠一般的弩"，反为不美，不如说是"珍珠串成的弩"，或是像第二名傅浩所译，"珍珠镶饰的弓弩"。Quiver 其实是"箭壶"，不应译"箭"。可是"壶"字和前后的"弩""鹿"同韵，不便采用；不妨译成"箭筒"或"箭囊"。而为了谐韵，第四行后半可作"不论多匆匆"或"不论多匆忙",便解决了。

还有一点要注意:诗句的节奏宜跳跃激荡,而忌平板。"不论多么短暂"是散文句法;"不论多短暂"才是诗。

第二名傅浩所译的《狄安娜赞》,题名欠妥。Diana 的读音是 i 的长音,所以一般的译名"黛安娜"是对的。傅译的诗行短则七字,长则十二字,参差太甚,不合原文诗体。只要把多余的"请""那"之类字眼删除,当可将十二字的诗行浓缩。例如首段第三行,大可简化为"靠在你银闪的宝座里";而末段首行也不妨缩成"放下你珍珠镶嵌的弓弩",其余亦可依此类推。

首段次行的"沉入睡眠"失之西化直译,当然是小问题,若改成"沉沉入眠",当较自然。第五行的"海斯珀茹斯"既长又隔,还不如径译"金星"或"黄昏星"。至于每段末行的叠句,译成"明艳超群的女神",则简洁浑成,十分精彩。

次段次行"壮起胆子来插手干预",不太自然,也不太可解。其实这一句只是说:月色皎洁,不容人间的阴影遮蔽,浑秽了太清。此地的 interpose 不过是 come between 之意,所以只要说"胆大妄为在中间遮蔽"也就够了。Cynthia 音译成"辛茜娅",不对。

"茜"字只能读"倩",不能读"西"。同一行末的"已经"错了：was made to clear 意为"任务在于澄清"，绝对尚未发生，否则何以还要等待月色，求月现身？也许傅译旨在用"已经"与"阴影"隔行押韵，原是出于无奈。其实，把"已经"换成"本应"就行了。wishéd sight 译成"如愿的景象"，很不好懂，不如作"期望的景象"，甚或径说"苦待的月色"。

末段次行"和您那水晶般闪亮的羽箭"，也不妥。既是羽箭，怎能水晶般闪亮？末段第五行 Thou that mak'st a day of night 译成"把黑夜制造成白昼的您"，完全直译原文，颇失诗意，"制造"二字尤其煞风景。大可译成"把黑夜照成白昼的您"，或者按照中文的语气，译成"你把夜晚照耀成天明"。

三

格瑞夫斯的《大氅》是一篇小小的人物素描，有一点短篇小说的暗示，但一切都点到为止，神秘得引人好奇。题名"The Cloak"，出自英文成语 cloak-and-dagger（大氅藏匕首），原指通俗小说或电影里国际间谍的勾当。不过此诗的贵族背景有点古色古香，诗人马克贝斯（George MacBeth）因此猜想，其中这位"爵爷"相当于十八世纪的詹姆斯·庞德（James Bond）。

此诗的诗体是便于叙事兼且沉思的"无韵体"（blank verse），特色是无韵，却必须遵守"抑扬五步格"的行式，通常颇多回行，亦屡见在行中断句，而且由于没有韵脚呼应，节奏常比押韵的格律诗沉缓。中国诗的传统里没有此体，所以译时更应注意，否则易堕散文化的困境。

刘译把每行的长度定在十二三字之间，偶见十四五字，大致可称整齐，乃把基调搭稳固了。这一点非常重要，否则诗行长短失控，译文必乱成一团。至于译得太长的几行，细加推敲，也不难浓缩。例如第四、五行便可稍加调整，改成：

> **再三把这位晕船的贵族送回**
> **散威季、迪耳或赖镇。他没上岸，**

又如第七、八两行也稍嫌冗长，不妨简化，地名也可译成两个字，如下：

> **住在寒碜的客舍，也许在迭普，**

衬衫从箱里取出，睡帽挂在钉上，

又如第十二行长达十四字，可把"乡下的酒"简称"村酒"，便缩成十二字了。

第三行的"打头风"是佳译。第九行的"他"可删。第十行的 chambermaids 译成"女服务员"，非常不妥，须知此乃十八世纪的法国，不是社会主义的中国大陆，当然应译"女仆"。同时 passages 是"调情"，不仅是"聊天"；所以整句应作"或者和女仆们调笑作乐"。第十五、十六两行刘译是：

这位贵族到哪儿都感到安然，
仆人说，他的头衔就是他的城堡。

意思虽然没错，却失之浅白，嫌嫩了一点。Anywhere 译"哪儿"，失之俚俗。At home 原可直译却失之交臂，可惜。至于两个"他的"，都嫌冗赘。试做调整如下，看是否比较老练：

这位贵族四海都可以为家，
仆人说，他的城堡只是个头衔。

第十八行 Such tasks as now his Lordship has in hand
译成"爵爷今天这样正要进行的工作",也有误。As
在此只是虚字,有点像 which,根本不用理会,译成
"这样"纯属多余。此句不妨译为"爵爷目前正着手的
工作",也就是第十一行已说过的 by night at his old
work。"进行"之为空泛动词,在中国大陆滥用已久,
实应痛戒,用在诗里尤其不当。第二十行的 profitable
译"有益处的",也失之空泛;其实所指,正是前文
说过两次的,间谍工作之酬劳,不妨译成"有利可图
的"或"收入可观的"。最难缠的,该是接近诗末的这
两行半了:

> ……流亡只不过是
> 到处流徙的别名,像往常那样
> 除了隐蔽在大氅里便无处藏身。

原文是 exile's but another name / For an old habit of
non-residence / In all but the recesses of his cloak,
刘译不太好懂,而且说"流亡只不过是……流徙的别
名",也重复而无道理。其实意思是说:此人名为流放,
实则自甘在海外做间谍赚钱,行迹飘忽,只见一袭大
氅神秘来去,也难怪得罪了某权贵。Non-residence 除

了"不在家"之外，就贵族而言还指"不住在封采地"。
要说得更清楚，或许可以这么翻译：

> ……名之为流放，
> 其实是久惯于漂泊四海，
> 几乎隐居在大氅的深处。

末行的 personage 有"要人""名人"等含意，却
不指"伟人"，所以不妨译成"就这样冒犯了某大权
贵"。刘译另一瑕疵，是有些地方用语太俚俗，虽有
口语的生动，却不合全诗的贵族气氛，容易造成文白
失调，诸如"未了""要么""干自己的老活儿"等语，
都是例子。

第二名傅浩所译的《披风》，对无韵体的抑扬五步
格不够尊重，诗行长度严重失控，而致短者只有八九
字，长者竟达十六七字，参差过甚，所以译文读来像
一首 free verse，而非 blank verse。究其原因，不是
对英文的了解不足，而是对中文的掌握不够。综观译
文，几乎没有译错的地方，却有几处不够简洁，所以
读来相当冗赘，失之散文化。

例如第八行，"他的"就应删去。又如第九、十两
行，竟差了四字之多，全因前一行冗长过甚："借"字

是无中生有，全无必要，而且如此交代是散文的文法，不像诗。"和"字也是英文所需而中文应免。"玩纸牌"后面跟着"练习剑术"，本可对仗而不利用，也很可惜。译者文笔如更老练，当会简化如下：

> 玩纸牌，练剑术，或者和女仆们
> 调笑取乐，消磨白昼的时光，

第十一行长达十五字，也是由于保留了英文必须而中文可免的所有格"他的"。第十三行的"一个忠诚的男仆"也失之费词。第十六行之所以冗长，也是由于连用两个"他的"。这在英文的了解上虽然没错，却未免"实心眼儿"，参不透。如果改成，譬如说，"他的城堡，男仆说，只是个封号"，就更像中文了。最严重的失控，是长达十七字的第十八行："他老人家现在手头上正从事的这些工作。"这句话毛病可真不少。首先 his Lordship 不该译"他老人家"，诗中并无迹象说此人已老，反而强调他练剑调情——还是刘译的"爵爷"妥当。其次，"现在""手头上""正从事"三词，在时态上重复太甚，全无必要。此外，"从事"也是与诗无缘的散文，甚至公文用语；其不堪入诗，与"进行"相同。最后，tasks 的复数在中文里也不必保留。集此四病于一身，也难怪这一行译文，即以散文观之，也嫌累赘。简而化之，只说"爵爷手头正做着的工作"，就行了吧。至于第二十一行："难道他在宫廷里就没有朋友替他说情？"十六字也嫌长，不妨说成："难道宫里就没有朋友替他说情？"只用一次"他"就够了。同时，"宫里"也可换"朝中"。

说完冗赘，再论其他。第七行"也许在第埃珀的简陋的寄宿处"，与刘译一样不合原文次序，因此也与原意有些出入。原意是：住在何镇不能确定，但住处简陋却无疑问。一行连用两"的"，仍是啰苏。改进之道，我在前文论刘译时已说过了。至于第十五行"这位贵人在任何地方都安适自在"，"贵人"一词比刘译的"贵族"好，但整句的说法和刘译一样，不够浑成老练，也可参考前文。

最后我还要强调两点。一是英文多用代名词，有些地方中文不必理会，前文我已屡言之矣。再举一例，第六行"……所以最终我们发现他"一段，"我们"可以不要，仍然合乎中文。其实这个 we 在英文里也只是虚位，毕竟那是两百年前的事了，那时，"我们"在何处呢？另外一点是：英文用标点，取决于文法；中文用标点，是配合文气。这一点，连写中文的某些名作家也不很明白，所以写起中文来，只按英文文法的观念来打标点，其结果是，标点用得太少，有劳读者逡巡的目光自行分段。这坏习惯，在翻译时当然也就用在译文上了。相比之下，傅译较刘译所用的标点为少，读来就较为吃力，例如第九、第十两行，原文一口气下加标点，傅译（借玩纸牌……的时光）也是一样，一连二十六字，中间不再标点，就太"挤"了。刘译（白天……聊天）在分行时加了个逗点，让读者松了口气。又如第十二句 The country wine wholesome although so sharp，行内无逗点，这是英文文法。傅译从之："乡下的酒虽很烈但有益于健康。"其实在"但"字之前，应该加一个逗点；刘译便加了。再如倒数的第四行到第二行：Exile's but...cloak，一口气两行半没有逗点。傅译随之，也是两行半三十一字，中间不再点开；刘译便点开了。傅译用标点悉从原文，却违背了中文的文气，令人难读，这恶习也是一种直译。

四

今年译诗组佳作四名，其中三位也是去年的佳作得主，可见青钱万选，屡试不误。

佳作之一王熹喻所译《赞美诗赠黛安娜》，题目嫌长了些，其实《黛安娜赞》或《黛安娜颂》已经足够。诗体大致掌握有方，富节奏感，叠句"灿亮至极的女神"也译得甚佳。首段的"猎师"男性印象太深，不妨考虑"猎人"。第四行的"一如往前"不自然，也不贴切；如果改成"保持你素有的庄严"，就贴切原意，容易了解，又维持押韵了。Light译成"光润"也欠准确，或许可译"光轮"，不然就改句法，说成"黄昏星央求你光临"。问题最严重的是次段，因为首行末尾的"暗遮"不能和第三行的"辛西亚的"押韵，而且第四行的"光球熠熠成形"也不符原意，"清亮了穹苍"乃既成之事，也不合原文的时态。要改正这一切，非大动手术不可。像下面这样的重组，王女士以为如何？

大地，莫让你善妒的阴影
　　胆敢在中间来阻挡；
辛西亚熠熠的圆球本应
　　日没时来清理穹苍；

末段的问题也出在"箭筒"不能押"短顷"，弄得呼而不应。这次无须大动手术了，只要调整中间的两句：

且让一直飞奔的牡鹿

喘口气吧，纵然是匆匆：

我觉得王熹喻颇有译诗的潜力，只是中文的火候不足，若能多读古典诗词，并且细心安排译文的句法，熹积久当有进境。至于另一首《披风》，她和傅浩相反，译得颇为简洁，但是每行长度不一，短则七字，长达十三字，失控的情形又像傅浩。不过，因为她诗行的基调较短，所以调整之道不在浓缩长句，而在延伸短句。例如第十五行"这贵族无处不是家"，便嫌短了，不妨延伸为"这贵人四海都可以为家"。又如第九、第十两行：

玩牌、击剑，与众女侍愉快

私语，度过了白日，

便长短失控，参差太多，而且把 merry passages 译成"愉快私语"也不对。不妨调整如下：

玩牌、击剑，或者与众女侍

调情作乐，度过了白日，

王译一开头便说"放逐异乡",根本不理会被动与否,这才是中文的本色,胜过刘译的"他被流放了"。但次行的"文札"不如"文件",其实 papers 在此是复数,应该特指(身份或旅行的)"证件"。第五行的地名里,"三文治"是粤语译音,汉语叫"三明治",都令人想起西餐,很不妥当,宜另译音,像刘译与傅译那样。第六、第七两行,却像刘译与傅译,没有把话说清楚,但是毅然删去了"我们",又胜过他译。第十七行"烦忧地产诸事会干扰",语焉不清,其实 cares 的复数可以不理。不妨改成"为地产操心,不免会妨碍"。第二十行的"获益匪浅"会令人想到求知求学,也语意空泛。

五

佳作之二周俊煌所译《黛安娜之颂》,对原诗格律有充分体会,以诗体而言,译得十分严谨、铿锵。周译比照原诗每行七个音节,把译文也限定每行七字,遵守不逾,实为难能可贵。其长处是遣词简练,节奏分明;而短处也就在设限过紧,译笔在紧身衣里很难施展,不是未尽原意,就是语焉不清,"因简就漏"。

其中以次段较为欠妥：

> 地君，莫拿你妒嫉
> 　暗影去无礼干扰；
> 杳曦雅光华普济
> 　穹苍清明日没了：

"妒嫉暗影"一词，既欠一个"的"字，又因回行分隔，读者一定不懂。至于三、四两行，不但文法不清，而且语意不贯，去原文已远，更令读者茫然。

格瑞夫斯的一首，周译的题目是"庇荫"，与原意不符，不知何故。按 cloak 一字除了"披风""大氅"之类的本意及"掩饰""借口"的引申义之外，别无他解。此一误解不但译错了题目，更误了倒数第二、三、四行的诠释，把 non-residence／In all but the recesses of his cloak 译成"除了一些边远之处／庇荫下所有其他地方他都不住"，乃远离了原诗的命意，铸成大错。否则此诗的周译可谓佳译。披风既是这位爵爷"昼伏夜出"所必穿，也是他干"披风藏匕首"（cloak-and-dagger）勾当的象征。他漂泊江湖，又不置地产，不坐领封邑，如此居无定所，只见夜色茫茫之中，一氅背影来去，所以诗人说他"几乎隐居在大氅的深处"。

周译还有一个缺失，也是句法长短失控，从每行八字到十五字不等，无法展示无韵体的格局。除此之外，周译瑕疵实在不多。第三行说风"反逆地吹"，太不自然。三个地名一律简称"某埠"，倒也利落。六、七两行，"最后是在荻泊罢"译得极好，不但口气生动自然，而且把法国小港 Dieppe 叫作"荻泊"，音正意贴，饶有诗情画意，可谓神来之笔。但是下一行把 humble lodgings 翻作"不显眼的住宿处"，又太笨拙了。第十行"跟女仆开玩笑"，言轻了。下一行"晚上做他一向做的事"也太累赘、浅白，不妨说是"晚上做他的老勾当"，或者"入夜便重操旧业"。第十二行的"土酒"乃佳译，远胜他人。足见译者甚具潜能，只是有待自我淬砺，更上层楼。

六

佳作之三李政展所译的《黛安娜赞》，韵脚处理得当，但是诗行长度太不整齐，未能在译文里充分体现班江森的谨严格律。全诗十八行，译文中有八行在七字以下，却有六行在十字以上：最短的一行四字，最长的一行却十一字，节奏已失常态。首段第四行"神态一如以往习惯",把原文的祈使语气改成了叙述语气,不妥,"神态"也嫌空泛,宜改成"气派"。末行的叠句译成"女神优越明亮",有点生硬。第二段的问题更大:前二行不但长短悬殊,而且话没说清;中间二行"转变(某物)成清澈"的句法也嫌生硬,何况还加上回行的分隔,更令读者难解。同时,"当白昼结束"之前,也应有逗点隔开。也许可以调整如下:

大地,别让你美妒的阴影
 胆敢来居间横阻;
辛西雅的亮球本应扫清
 这天穹,当白昼结束:

第五行的"心许"不如译作"期待"或"久等"。末段的三、四两行也是参差不谐,或可如此改进:

且让那飞奔的雄鹿
 有空喘息,无论多匆忙:

《披风》一首,在诗行的安排上,短者七字,长者十五六字,也是差别太大,令人如读散漫的自由诗,不知好处何在。例如第十八行"此等差事一如阁下他

目前手头上这桩"不但冗长无力，而且把 his Lordship
译成"阁下他"，造成人称混乱。"阁下"乃直呼对方
之尊称，不容与第三人称合用，故为矛盾。但是紧接
在第十九行，译文又犯了一次。第七行在"身处陋室"
之后，应加逗点而不加，正是西化中文之通病。第十
行把"调戏"说成"嬉戏"，言之过轻。下一行的"夜
里重操故业"，却译得老练浑成。第十五行"这位贵族
总是无拘无束不论何处"，与多篇他译一样，亦失之浅
白、拖沓。第二十行"裨益的出走几年"，语意十分含
糊。倒数第二行"哪儿也不停留只待在他的披风深处"，
也太冗赘，加以在"停留"之后应有逗点隔开而竟不
隔开，更觉其长（前一行末也应加标点才对）。其实，
只要说"几乎是隐身披风的深处"，或者"几乎以披风
的深处为家"，就简明易懂了。

七

佳作之四的得主是吴信强，所译《狄安娜颂》，
不但诗行长度过于不齐，而且押韵也未能贯彻始终，
无力在译文里展示原诗的体格。首段虽然都押上了
韵，可惜未能依照原来 ababcc 的韵序，无奈演成了

ababbb，效果不全。次段、末段的韵式更凌乱不齐。
末段首行之末，想必是打字漏掉了"弩"字。首段第
四行的"姿态"，不足以当 state 的"庄严"。次段"辛
西姬炯炯的眸子"十分坏事，虽然想得很美，却不合
原意，更乱了韵脚。且容我试加调整：

> 辛霞的亮球，当白日已尽，
> 原要将天庭扫个清朗：

下一句"再以令人企盼的景象为我们祝福"，简直是
冗长的散文，比译文的短句长出一倍，也还没押上韵。
不如简化为"福佑我们以仰盼的景象"。末段的译文，
除了漏掉"弩"字，加上"昼"字不合韵之外，实在
翻得颇佳；"那怕不长"一句尤为出色。"白昼"如果
换成"昼晌"，也许就可以过关了。

《斗篷》一首在吴译里，句长倒不太参差。九个字
的短行只有三句，其他诗句多半在十一字到十四字之
间，总算还有个常态。末句长达十六字，是例外，其
实全无必要，不妨简化成"正是这一点使一位要人气
愤"。他如第四、第六、第七、第十一、第十二、第
十四、第十六，第二十一各行，也都应予浓缩。尤其
是第十二行，"凶"字后面应加逗点；而且既云美酒，

就不宜嫌凶。不妨浓缩为"村酒虽烈，却有益健康"。
第十五行的"府邸"不如直译为"城堡"，较富形象
且有古意。当然，后两行的"庄院"也应该配合前文，
改成"封地"或"封邑"。

第八届译诗原文

Silence

My father used to say,

"Superior people never make long visits,

have to be shown Longfellow's grave

or the glass flowers at Harvard

Self-reliant like the cat—

that takes its prey to privacy,

the mouse's limp tail hanging like a shoelace from

  its mouth—

they sometimes enjoy solitude,

and can be robbed of speech

by speech which has delighted them.

The deepest feeling always shows itself in silence;

not in silence, but restraint. "

Nor was he insincere in saying, "Make my house
   your inn. "

Inns are not residences.

Marianne Moore(1887 – 1972)

From "Directive"

Back out of all this now too much for us,

Back in a time made simple by the loss

Of detail, burned, dissolved, and broken off

Like graveyard marble sculpture in the weather,

There is a house that is no more a house

Upon a farm that is no more a farm

And in a town that is no more a town.

The road there, if you'll let a guide direct you

Who only has at heart your getting lost,

May seem as if it should have been a quarry—

Great monolithic knees the former town

Long since gave up pretence of keeping covered.

And there's a story in a book about it:

Besides the wear of iron wagon wheels

The ledges show lines ruled southeast northwest,

The chisel work of an enormous Glacier

That braced his feet against the Arctic Pole.

You must not mind a certain coolness from him

Still said to haunt this side of Panther Mountain.

Nor need you mind the serial ordeal

Of being watched from forty cellar holes

As if by eye pairs out of forty firkins.

As for the woods' excitement over you

That sends light rustle rushes to their leaves

Charge that to upstart inexperience.

Where were they all not twenty years ago?

They think too much of having shaded out

A few old pecker-fretted apple trees.

Make yourself up a cheering song of how

Someone's road home from work this once was

Who may be just ahead of you on foot

Or creaking with a buggy load of grain.

Robert Frost(1874 – 1963)

第八届译诗组得奖作

沉　默

陈义超　译

父亲过去常说，
"高明的人从不久留，
不必带去看朗费罗的墓
或者哈佛的玻璃花。
不仰赖别人像猫——
把猎物衔去独享，
软软的那弯老鼠尾巴挂在嘴边像条鞋带——
有时他们也爱独处，
而且也可以默不作声

要是什么话他们听了高兴。
最深刻的感受总是在沉默中表达；
也不是沉默，克制罢了。"
他可也是当真说的，"把我的房子当成你的旅舍。"
旅舍可不是久留之处。

——梅瑞安·穆尔

摘自《指令》

陈义超　译

退回从如今这过多的一切，
回到一个细节全失的时代，
焚毁了，溶解了，剥落有如
墓地大理石雕刻的风化，
有座不再是房子的房子
在不再是农场的农场上
就在那不复存在的镇上。
如果你要让人带领去路
这人却只巴望你迷路，
则那似乎本该是个采石场——
巨石跪踞之处原先的小镇

老早不再假装去掩饰。
有本书里提到它的故事：
除了铁车轮的磨痕之外
岩脉呈现东南走西北的条痕，
一条庞大冰河的凿工，
他双足紧紧抵着北极。
你可别在意他那点冰冷
据说在潘瑟山这边还未消散。
连踵而来的折磨也没什么
从四十个地窖洞窥视着你
恰似四十个木桶冒出的对对眼睛。
至于树林因你而来的兴奋
送来阵阵树叶稀沙稀沙
就怪它们新发迹没经验。
不到二十年前它们在那？
了不得呢以为自己庇荫着
几株啄木鸟侵扰的老苹果树。
为你自己作首歌打打气
就说这是某人下工回家的路
他或许就正走在你前头
或者满载一车谷物叽嘎作响。

——佛洛斯特

沉　默

陈达升　译

我父亲常常说：

"上等人从来不长时间作客，

要受引介朗费罗之墓

或玻璃花于哈佛。

自立自主如猫——

噙着猎物去独享，

软软的鼠尾巴像鞋带悬垂自嘴边——

他们偶而乐于孤寂，

可以被逼无话

听别人悦己的发言。

深沉至极的情感总流露自沉默；

不是沉默，是克制。"

他亦非假意虚言："把我家当旅馆吧。"

旅舍不是久居地。

　　　　　　　　　　　　——玛丽安·穆尔

指引（节录）

陈达升　译

退出当今这过剩的一切，
退回简朴的时代不复
精细，既腐蚀、模糊，且断裂
如大理石墓雕经风吹雨打，
有一间已不成房屋的房屋
伫立已不成农庄的农庄
在已不成市镇的市镇里。
那道路上，若你愿跟随向导
他一心只关注你的迷路，
或许看似该曾有个石矿场——
膝状的巨石嶙峋这荒镇
老早就放弃要伪装隐藏着。
而书本上也有这样的记述：
除了有马车铁轮的辙迹
岩架呈东南与西北线向，
这凿痕来自冰河那巨人
他稳然立足于北极地区。
你不要介意他发放的凉气
据说仍作祟豹岭这一带。

也不必介意那连串磨炼
要遭受四十个窖洞监视
像四十个小桶透双双眼睛。
至于因你而兴奋的林木
沙沙地轻响摇动着叶子，
就当作暴发户不更事吧。
不到廿年前它们都在那里？
它们太缅怀于已遮住了
啄痕斑斑几株老苹果树。
你且自编一首歌来欢唱
前人收工经此路回家，
他可能就在你前方步行
或嘎吱着一马车的谷物。

　　　　　　　　　　　——佛洛斯特

缄　默

李政展　译

家父以前常说：
"大人物造访从不久留，

得让他们瞧瞧朗费罗的坟墓
或哈佛的玻璃花。
独立自主宛如猫——
将猎物带至隐僻处，
老鼠那柔软的尾巴像鞋带一般悬荡在嘴角——
他们偶尔享受孤独，
而且讨得欢心的话语
可令他们一言不发。
最深沉的情感总在缄默中显露：
实非缄默，而是拘谨。"
他也毫不虚伪地说："请把我家当客栈。"
客栈可不是住家。

——玛丽安·摩尔

摘自《引》

李政展　译

退出这一切吧我们已无法承受，
退回简朴的时代，去掉琐碎细节，
将之烧毁、分解，并碎裂

如同风雨中墓园的大理石雕，
一幢不再是房舍的房舍
在一座不再是农庄的农庄
坐落于某个不再是小镇的小镇上。
要是让一位打从心底以为
你迷了路的向导来指引你，
那里的路看来仿佛曾是采石场——
昔日小镇沦为膝状的庞然巨石
早已放弃遮盖虚掩的伪装。
某本书里有这么一个故事：
除了货车铁轮留下的磨痕外，
岩壁呈现东南划向西北的线条，
那是把脚跟蹬向北极的
巨大冰河鬼斧神工之作。
千万别怪他身上那股冰凉，
听说他仍盘踞黑豹山的这面斜坡。
也别介意一连串的苛酷考验：
来自四十个地窖孔穴的窥视
就像自四十只小木桶突出的眼睛。
至于树林因你而亢奋的心情
将叶片轻柔摩娑窸窸窣窣，
怪就怪没见过世面的自负吧。

不到二十年前它们又在哪儿呢？
它们老是多虑地想着遮蔽了
数棵遭啄木鸟啄噬的老苹果树。
替自己作一首欢愉的歌吧，
述说往昔有人下工于归途的景况
他或许步行正好走在你前面
或驾着满载谷子的马车叽嘎作响。

——佛斯特

沉　默

游元弘　译

父亲以前常常说：
"卓越之士从不迢迢去探访，
该让他们看看朗法罗的坟
或哈佛的玻璃花。
自立独行，就像猫——
把猎物叼至隐密处，
老鼠瘫软的尾巴从嘴中悬垂如鞋带——
他们有时候怡然独处，

那曾令他们欣喜的言语
可能使其哑口难言。
最深刻的感受总在沉默中显出；
非沉默，而是节制。"
他也诚恳地说："把我的屋子当你的客栈吧。"
客栈并不是住所。

——玛丽安·摩尔

摘自《指令》

游元弘　译

现在要全然退离此实太艰难，
溯回去，那细节遗失而单纯的
一段时光，烧毁了，消融了，断裂
如墓地大理石雕刻在天候中；
有一间已不再是房子的房子
立在已不再是农田的农田上
位于已不再是城镇的城镇中。
那里的路，若你让向导指引你
而那向导又一心挂念你迷路，

看起来可能本应是一采石场——
巍巍然巨石之膝，这往日城镇
早已卸除了遮盖掩蔽的伪装。
有本书里有个关于它的故事：
除了四轮马车的铁轮磨损过
岩棚也露出刻纹向东南西北，
这是宏然大冰河的雕凿之工
而那冰河蹦紧其足倚着北极。
你不必在意它袭来些许凉意
据闻凉意仍盘旋豹山的此侧。
也不须在乎痛苦的折磨连连
即四十个地洞中有目光眈眈
如四十个木桶探出对对眼睛。
至于那树林因你而兴奋不已
传来轻快沙沙声涌向众叶子
归咎他们年少轻狂不更事吧。
不到二十年前他们都在何方？
他们太以为这很了得，盖过了
几棵受啄鸟困扰的老苹果树。
且为自己编一首振奋的歌，说
这曾是某人工作后返家的路

也许那人就在你的前方徒步

或伴着载谷的马车叽嘎作响。

　　　　　　　　　　　——佛洛斯特

沉　默

颜秀娟　译

我父亲常说：

"上等人作客绝不久留，

必须睹哈佛的朗费罗墓

或玻璃花朵。

自力自强，如猫一般——

衔猎物至隐秘处，

嘴边垂下一条鞋带似的鼠尾颓然——

他们有时喜欢独处，

听了赏心悦耳的言语

可以顿时为之忘言。

最深刻的感情总是表现在沉默之中；

不是沉默，是克制。"

他这句话也并非虚情假意："把我的家当作客栈。"
客栈不是长居之所。

——玛丽安·摩尔

指 引

颜秀娟　译

回去吧，离开我们不堪其繁的这一切，
回到一段细节尽失的单纯时光
细节已告焚毁、消溶，破碎支零
宛若坟地经风历雨的大理石雕，
那儿立着一栋如今不再是房舍的房舍
坐落在一处如今不再是农庄的农庄
位于一座如今不再是城的城。
如果你要找位向导指引方向
他一心只想教你迷失，那条路
也许本该是个采石场——
罗列的巨碑之膝，当初的城
老早就懒得再佯做遮掩之状。
书中就出了这么一则它的故事：

除了马车铁轮的辗痕之外
还有岩脉的线条东南划向西北，
想来是冰河巨灵手持凿刀
双足抵住北极的削石刀作。
你不该介意他的一缕凉意
据说，仍在豹山的这边流连。
你也无需介意那长串的折磨
四十个地窖孔一路瞅你行过
仿佛四十只木桶探出来的窥眼双双。
至于，树林遇见你的兴奋劲儿
将簌簌的轻响传至树梢的翠叶
就当他是少年得志的未经世故。
才二十年前不到，哪有这些树的踪影？
他们颇为自得，曾以树荫逼走
几株饱受鸟啄的苹果老树。
你不妨哼一曲轻歌给自己听
就哼这条路曾是前人收工后的归途
他也许就走在你前面不远
也许叽叽又嘎嘎，载着满车的谷物。

——佛洛斯特

沉　默

柯彦玢　译

我父亲过去常说：

"优秀的人作客从不久留，

不必让人领着去看朗费罗的墓

或哈佛的玻璃花。

他们自食其力就像那猫儿——

它把猎物衔到隐私处，

老鼠疲软的尾巴像鞋带似的耷拉在它嘴边——

有时喜欢独处，

也能让使他们愉悦的言语

剥夺他们的言谈。

最深沉的感情总是以沉默来表示——

不是以沉默，而是以自制。"

他这样说也并非不真诚："把我的家当作你的客
栈吧。"

客栈不是久居之所。

——玛丽安·摩尔

训　令（节选）

柯彦玢　译

摆脱现在对我们来说难以承受的这一切，

回归到一个因丧失细节而简化了的

时代，被焚烧、溶解、折断

一如墓园里风化的大理石雕塑，

在一个不再是城镇的城镇里

一个不再是农场的农场上

有一座不再是房子的房子。

那条路——如果你想找一个存心

叫你迷路的向导为你引路的路——

也许看起来好像原本是一座采石场——

那昔日的城镇早已不再假装遮蔽的

巨大的整块石头的双膝。

在一本书上有一个关于它的故事：

除了马车铁轮子磨出的辙印之外，

岩架上还划着些东南——西北走向的线条；

这是一位脚蹬北极的

冰川巨人雕凿的作品。

你不要在意他带来的些许凉意——

据说依然萦绕在黑豹山的这一边。

你也不必在意那一连串的考验：
受到来自四十个地窖洞口的注视，
仿佛被四十个木桶里成双的眼睛盯着。
至于你头顶之上那树林子的骚动——
那轻微的簌簌抖颤直传送到叶梢，
就把那当作暴发户的缺乏经验吧。
二十年前那里没有他们这些人？
他们过多地考虑到的是遮蔽了
几株被啄木鸟咬坏的老苹果树。
为你自己编一首快乐的歌吧，唱这条路
如何曾经是某人收工回家的路：
他也许就在你前面步行着，
或者嘎吱吱赶着一辆满载谷子的马车。

——弗罗斯特

自律与寻根

第八届译诗组综评

一

本届梁实秋翻译奖译诗组选为译题的两首诗，均为名作，其作者亦均为美国重要诗人。玛莲·莫尔应该是荻瑾荪以降美国最杰出的女诗人了：她的诗风兼有意象主义、即物主义、主知主义的精神，尤其擅于编组音节，营造精妙悦耳，却又异于传统的韵律，深为艾略特所赏识。

这首《沉默》也可以译为《无言》，也就是第九行 robbed of speech 的意思。形式上看来，它是所谓自由诗，但其节奏仍以"抑扬格"（iambic meter）为准，例如 the mouse's limp tail hanging like a shoelace from its mouth 简直就是一行工整的"抑扬七步格"（iambic heptameter）；倒数第二行亦然。不过实际的诵读却要照顾自然的口语，例如末行吧，第一、第三两个音节就得加强重读，文意始显。至于主题，作者刻意把这父亲描写成一个典型的清教徒，强调其独立自主、克己寡言的格调，并暗示其苦修自律已有从寡言不群变为寡情寡欲的倾向。全诗不过十四行，父亲严肃的训示却占了十一行，作者的感想只占了短短的末行。父亲的话里虽然也有 enjoy, delighted 的字样，但享受的是孤寂，而喜悦的结果是无言以对，仍然是清教徒孤僻的作风。

另一译题是摘自佛洛斯特的较长之作《指令》，也是评论家历来赞赏的一首力作。主题具有寓言意味，影射的是中世纪骑士不辞辛苦长征、追寻耶稣在最后晚餐时使用的那只"圣杯"（Holy Grail）。叶慈晚年的萦心之念，是青春之消逝；佛老晚年的忧心则是清明之难保，《指令》的主题正与此有关。此地所摘，不到原诗之半，而涉及"寻找圣杯"的地方也只有第九行的 your getting lost 与第二十行的 the serial ordeal；不过，即使不明主题，也无碍于掌握译文。至于诗体，佛老所用的是步调较慢（近于音乐的"行板"andante），宜于沉思、叙事、描写的"无韵体"。翻译起来无须押韵，固然比较容易，但是仍需控制句长与回行的语气。例如开始一连七行只是一句话，主词在第五行才出现，而全句的字眼里，单音节的占了六分之五，相当朴素古拙：凡此，中译都不易追摹。

二

第一名陈义超的译笔，无论在文意或诗体上，都能紧随原文，殊为难得。《沉默》的第二行，long visit 译为"久留"，不够清楚。visit 当名词用，有"拜访"（call）、"作客小住"（a brief residence as a guest）、"旅游"（a journey to and stay at a place）等意义。此地的 long visits 与后文的 privacy, solitude, inn, residence 等字眼互相呼应，所以宜作"远游"或"长久作客"，尤其是"长久作客"。第三行的"不必带去"太拘泥英文的被动语气，反而含意不清，其实只要说"不必参观"即可。第五行也欠明白，因为可能误解成"不像猫一般仰赖别人"。所以 self-reliant 不如译成正面的字眼，例如"独立自主""独来独往""自力更生"。privacy 译为"独享"，未始不可，其实只要说"暗处""角落""一边"就够了。

第七行原文本来就长，以示鼠尾之无力下垂，所以一般也译得很冗长。陈译的"那弯"实在多余，何况此时鼠尾已经疲弱吊垂，不宜说成"一弯"。同时，"老鼠尾巴"作"鼠尾"便可。第九、十两行

and can be robbed of speech

by speech which has delighted them.

陈译作"而且也可以默不作声／要是什么话他们听了高兴"。大致正确，但不足比美原文强烈的动词 robbed 与重复使用的 speech。不妨改译如下："而且会顿然无话／要是谁的话逗他们开心。"Nor was he insincere in saying 译成"他可也是当真说的"，负负得正，是对的；不过更贴切的说法该是还其负负的面貌："他说的可也是不假"，或者"他说的也不是假话"。Make my house your inn，原文寥寥五字译成"把我的房子当成你的旅舍"，太长了，至少可省去一个"成"字。如果前文的 long visits 译"长久作客"，则此地的 inn 不妨译"客栈"以为呼应。如是，则末行可译"客栈可不是住家"，以收对照之功，并避免较为冗长又不够浑成的"久留之处"。

《指令》一首也不好译。一般说来，"无韵体"必

多长句，更频频回行，句法当然单纯不了。摘出的这三十二行在文法上只得八句，平均每句四行；至于回行则有十七处，超过了一半的行数。一开头的四行只是一个形容词片语，却因 made simple by 的被动语气，与其后一串过去分词的修饰作用，变得复杂起来。首行 Back out of all this now too much for us 语出华兹华斯的名句子 The world is too much with us，陈译作"退回从如今这过多的一切"，语太西化，不像中文，可改成"退出如今这太纷繁的一切"。次行的 made simple by 没有译出，虽有"细节全失"之强调，亦不能完全补漏。不妨译成"回到单纯的时代，细节全失"，后面再接"焚毁了……"之句就自然了。从第五到第七行，每行均有重复，自成一类句型，颇不易译，许多来稿都译得拖泥带水，第一名陈译也不灵活。最好的译法恐怕也就是最忠实、最单纯的译法，例如：

有一座房子，不再是房子，
在一片农场，不再是农场，
位于一小镇，不再是小镇。

第八行到第十行，因为中间插入了一行半长的附属子句（if you'll let a guide...getting lost），很容易译得尾大不掉；陈译也显得文意不贯。若要文意不断，恐怕得改变句子的结构才行。也许可译成：

> 如果你找向导带路，而那人
> 只存心让你迷路，则去路
> 看来似乎原该是采石场——

第十一、十二两行也不易译，陈译也不好懂，宜稍加意译如下：

> 巨石磅礴如裸膝，那旧镇
> 早已不假装要加以掩饰。

陈译的第十五行把 lines 译成"条痕"，本来不错，但为避免与前行的"磨痕"重复，不如改成"纹路"。接着的第十六、十七两行，文意割裂，以致"他"与所指的"冰河"呼应不清。只好稍改句法，译成：

> 那是由一条庞大的冰川
> 两脚紧抵着北极所凿成。

陈译第十八行把 a certain coolness 译成"那点冰冷"，

也不错，不过"寒意"应比"冰冷"来得浑成。后面的 Panther Mountain 也应意译"黑豹山"，才较富弹性。接下来的三行 Nor need you mind……forty firkins，陈译也失去呼应，叫人弄不清是什么在"窥视着你"。同时，此地的 ordeal 译"折磨"也嫌重了。不妨调整如下：

　　也不必在乎接连的考验，
　　让人在四十个地窖洞后偷窥，
　　像四十个木桶后有对对眼睛。

　　从二十三行到二十五行这一句，陈译也尚可改进：前两行可改为："至于树林因你来到而兴奋，／传来一阵阵树叶的窸窣，／得怪它新近发迹没经验。"陈译把"它"说成"它们"，十分不当。英文的"树林"（woods）是多数，但在译文里看不出来，所以"树林"的代名词应为单数的"它"。同理，第二十六行 Where were they all not twenty years ago？译成："不到二十年前它们在哪？"也不妥。可改为："不到二十年前这树林在哪？"英文的 they 是指多数的 woods，但是中文说"它们"却是无的放矢。

　　本诗最后的五行译得相当自然活泼，只有两处略

有小疵。shaded out 应为"遮没",而非"庇荫":out
有"不见"之意。"为你自己作首歌"语法失之西化,
不如说"自个儿编首歌"。最后四行在原文是一句话,
除了句末的句点外,别无标点。译文亦步亦趋,也只
有句点,不妥。英文打标点,是为文法;中文打标点,
应为文气。这件事,许多译者,甚至不少作家,都忽
略了。倒数的第二、三、四行都应在行末加上逗点。

三

第三名得主陈达升曾获本奖译诗组冠军,功力不
弱,本届只因误译一句而屈居第三,足见竞争之烈。
《沉默》的第二、三、四行,文法上颇为惑人。正确
的读法该是 Superior people never make long visits,
(and never) have to be shown Longfellow's grave or
the glass flowers at Harvard。也就是说,never 之为副
词,不但修饰 make,也修饰 have to be。整首诗的意
思是说:高尚的人士(清教徒)独立自主,沉默矜持,
甘于寂寞,从不久客远游,当然也不在乎要参观什么
名胜或者珍玩——所以何必巴巴地去哈佛凑热闹呢?
同时,"受引介朗费罗之墓"太拘泥英文的被动语气,

不像中文；只要正面说"不必参观"就行了。

达译（以别于同为陈氏的第一名陈义超）颇为简洁，例如第七、第十三两行，他就译得比第一名短。但在另一方面，他的用字遣词往往失之太"文"，不合诗中那父亲的口语：像"引介""于哈佛""噙着猎物""悬垂自嘴边""悦己""流露自沉默"等词句，对照原文的"俚雅度"，就觉得文绉绉了一点，而且不太流畅、自然。

"可以被逼无话／听别人悦己的发言"，这两行译文相当难懂，而且把时序颠倒了，因为实际的情况是别人发话在先而自己无话在后，但是译文使人误解是自己无话在先，然后听别人讲话了。这两行，除了前文我建议的译法外，不妨这样试译：

> 而且听到了悦耳之言，
>
> 会顿然哑口无言。

也可以说成："谁要是说了悦耳的话，／会茫然不知所答。"或者："谁的话要是悦耳，／会顿然无话以答。"至于倒数第三行，达译作"不是沉默，是克制"干净利落，戛然而止，却胜陈译一筹。最后两行也比陈译老练，唯末行"旅馆不是久居地"句法太像七言诗，若改成"旅馆非久居之地",当有力得多。

　　达译的《指引》在诗行的长度与回行的句法上，均能亦步亦趋，追摹无韵体独特的形式，大致可称佳译。第一行就优于陈译，可惜第三行把 burned, dissolved, and broken off 译成了"既腐蚀、模糊，且断裂"，不符原文。第七行末的"里"多余，宜删；若在"已"后再加一"经"字，就顺口多了。The road there……a quarry 这三行，因为插入了一个附属子句，颇难译得顺畅；陈译欠佳，达译亦然。所以这三行的译文在句式上必须大加改组，才能突破困局，否则"那道路上"不可能越过横梗的子句去接通后文。第十一行译得好，the former town 译成"荒镇"尤佳，不过"嶙峋"之后应加逗点，以彰前文乃受词之身份。第十二行"老早就放弃要伪装隐藏着"乃拙句，不但以"着"结尾太虚弱，而且以"放弃"译 gave up 也太拘泥，不如径译"早就放手不再加遮盖"，还好懂些。The ledges show lines ruled southeast northwest 译成"岩架呈东南与西北线向"，不妥；"线向"尤其生硬。不妨把 lines 的观念化入 ledges，说成"岩脉呈东南向西北的走势"，就易明了。The chisel work 到 the Arctic Pole 这两行非常有力，译文未能追随。"巨人"后面缺不得逗点，"稳然立足"仍不够强劲，而"北极地区"也嫌浮泛，不妨译成"他用双脚踏定在北极"。

Still said to haunt this side of Panther Mountain
译为"仍据说作祟豹岭这一带",也欠妥。首先凉气
不宜说成作祟,而且 this side of 也非"这一带"。不
妨改成"据说仍在豹岭这一边逡巡"。Nor need you
mind 到 forty firkins 的三行,译得颇佳,胜于陈译。
倒数第七、第六两行的"它们"都来自多数的 woods,
在中文里十分不妥,前文已经指出。Think too much
of 应为"太自命不凡",而非"太缅怀于"。全诗最后
五行译得流利自然,颇为可贵;只可惜"欢唱"之后
衔接不足。

四

另一第三名李政展所译的《缄默》,次行的"大人
物"不符原文,第三行的"得让"也翻倒了。第六行
的"带至"不像口语。第七行多达十八字,太长了;
"老鼠那柔软的尾巴"大可浓缩为"柔软的鼠尾":其
实"柔软"也嫌太正面,应作"瘫软"。倒数第三行把
restraint 译成"拘谨",不妥,仍应为"克制"或"克
己"。Nor was he insincere in saying 译为"他也毫不
虚伪地说",太直也太重了。末行"客栈可不是住家"
却是佳译。

李译《指令》的首行十分灵活可喜，但其第三行"将之烧毁，分解，并碎裂"把被动的实况化为主动的企图，却与原文不符，因此与下文"一幢不再是房舍的房舍"等三行衔接不上。其后"打从心底以为你迷了路的向导"一句，也不合原文。Great monolithic knees 指的正是前一行的 quarry，而在第十一、十二两行的文法中又是 keeping 的受词，但在李译中却把采石场与小镇混为一谈，误译了。就此诗的情况看来，采石场应在山上，小镇应在山下，所以从前镇民放工回家，要经由此路。

　　And there's a story 一直到 upstart inexperience，接连十三行都译得颇佳。Chisel works 译为"鬼斧神工之作"，当然是超译了。Haunt 译为"盘踞"也欠妥。"怪就怪没见过世面的自负吧"一句，十分自然，inexperience 作"没见过世面"尤佳。但是 Where were they all 到 shaded out 的两行，李译把那两个多数的 they 都翻成"它们"，则与其他译者同病。Think too much of 译成"多虑地想着"，不对。最后三行也可以改善："下工于归途"全不像中文。不妨这么写："说有人放工后曾由此回家，／或许他正好走在你前面。／或赶着一马车谷子叽嘎作响。"

五

佳作之一游元弘所译的《沉默》，把 superior people 译成"卓越之士"，本来很好，只是不大像口语。Long visits 译"迢迢去探访"也嫌太文了。第三、四行也误为该看诗人之墓、大学之花，而且正与前一行不出门远游之意相反。"叼至隐秘处"不如"叼到暗处"。"那曾令他们欣喜的言语／可能使其哑口难言"颇多不妥，"他们"忽然变"其"也文白夹杂。不妨译成"谁的言谈令他们中意，／他们反会哑口无言"。Nor was he insincere in saying 的双负婉言，译成"他也诚恳地说"，有欠曲折，也不大像中文。

《指令》首行游译作"现在要全然退离此实太艰难"，把现实的纷繁复杂误为撤退的困难了。其后的"烧毁、消融、断裂"皆指"细节"，游译却将之隔开，乃失去呼应。"农田""城镇"后面的"上""中"之类介词，为免散文化，皆可删去。The road there 以下那三行，游译也因不善处理其间穿插的附属子句，而显得不够顺畅。Gave up pretence of keeping covered 译成"卸除了遮盖掩蔽的伪装"，非但难懂，而且不对。其实原意只是说：开了石矿，童山濯濯，十分刺眼，镇民原也有意设法（例如造林绿化）加以遮掩，但不见效，终于放弃——就像一个人衣不蔽体，竟露出膝盖头来那样尴尬。The ledges show lines ruled southeast northwest 译为"岩棚也露出刻纹向东南西北"，把方向混为一谈，大误，可改为"岩脉（或石纹）露出东南去西北的走向"。如此，才见出冰河是脚蹬北极，也因此，大冰河应该双脚直蹬着北极，而非游译的"倚着北极"。Ordeal 译"痛苦的折磨"，太重了，前文已有分析。同样，excitement 译成"兴奋不已"，也是超译。问题在于游译把每行字数设定为十二，结果有些诗行便不免要凑字，而另一些诗行就得削足了。That sends light rustle rushes to their leaves 译成"传来轻快沙沙声涌向众叶子"，不对。沙沙之声正是树叶迎风所发，并非外来，所以应译成"轻快的沙沙声传遍了丛叶"。但是还漏了 rushes，所以也可译成"丛叶轻传一阵阵沙沙声（或窸窣）"。"众叶子"失之生硬，恐怕也是由于凑字。Charge 乃单音节而有力的字眼，译成"归咎"，太斯文了。至于倒数第七、第六两行的两个 they，游译和他人一样，也译成了多数的"他们"，足见此乃中译之通病，译者都应戒除。最后四行译得平稳，不过"工作后返家"嫌生硬，不如说"放工回家"；末行"伴着……马车"也不妥当，因为前一行既已说 on foot，足见后一行不是步行了，不如改成"赶着……马车"。

六

佳作之二颜秀娟所译《沉默》的第三、四两行，也把原文译倒了，解成"必须睹"。"自力自强"略感生硬。"嘴边垂下一条鞋带似的鼠尾颓然"，若是创作，句法倒别致可喜，但以翻译而论，却离原文稍远，不如忠于原文次序，译作"鼠尾颓然，像一条鞋带自嘴边垂下"。第九、十两行译成"听了赏心悦耳的言语，／可以顿时为之忘言"，可谓佳译，胜于其他所有译稿。《沉默》的末四行也译得畅达有力，不过 my house 仍应译成"我这屋子"，不宜译成"我的家"，因为父亲通常不会对自己的女儿说"我的家"，何况这么一说，末行的 residence 就不便译"住家"了。

颜译的《指引》缺点是诗行的长度参差不齐，未能追摹无韵体的格律，优点则是流畅自然，韵味十足，在得奖诸译之中最像创作。译者颜秀娟显然有写诗的潜力。

开头的七行一句译得生动、活泼，可惜后面的三行里，"如今"一再出现，实为费词，乃令已长的诗行更形冗长。"罗列的巨碑之膝"这一行，译错了。Great monolithic knees 在前文的破折号之后，指的正是采石场巨岩露骨如膝，而非巨碑。Long since gave up pretence of keeping covered 这句译成"老早就懒得再佯做遮掩之状"，明白流畅，胜过其他译者。第十三行的 about it 可以不译，就免去"这么一则它的故事"的怪句了。

> 除了马车铁轮的辗痕之外
> 还有岩脉的线条东南划向西北，
> 想来是冰河巨灵手持凿刀
> 双足抵住北极的削石力作。

这四行虽然不尽趋附原文，却能传出原文的精神，可称上乘的意译。我说译者有诗才，原因在此。后面的译文，一直到篇末，都顺当自然，诵读无碍。"四十只木桶"那一行，"探出来"三字不妨删去。"传至林梢的翠叶"一段，太过意译了，不如改成"传遍了丛叶"。倒数第六行"他们颇为自得，曾以树荫逼走"，不妥。"他们"的前面虽有多数的"这些树"，仍觉用得不像中文，易生误会（误会是指村民），不如仍称之为"群树"，后面半句则改为"已用浓荫遮没"。"逼走"苹果树，不合情理，只能"遮没"。同时，make yourself up a cheering song 也不是"哼一曲轻歌给自己听"，因为哼一曲歌可能是他人所做，而 make up 则是自己编造。

佳作之三的得主柯彦玢，犯的错很少，殊为难得，但是太多直译，而且对于诗行的长度往往失控，未能对齐原文。《沉默》一首译得较好，简直没有谬误，但是译文有些地方失之冗长，例如鼠尾那一行长达十八字，倒数第二行更长达二十一字，在六篇得奖的译文中均为最长。此外，第十、十一两行，柯译相当生硬："也能让使他们愉悦的言语／剥夺他们的言谈。"原文重复使用的 speech 虽用了"言语""言谈"来追摹，但是这两行译文读来难懂，"让""使""剥夺"等字眼，尤其是"剥夺"，都显得生硬、突兀，失之西化。同时，倒数第三行的两个"以"字，也都可以省掉。

柯译的《训令》诗行长者十六七字，短者只有九字，给读者的印象是一首自由诗而非无韵体。就诗体的追摹而言，柯译是失职了。第五行至第七行，柯译把句法倒译，颇为灵活，优于他译。"冰川巨人"那两行也译得流畅简洁。"至于你头顶之上那树林子的骚动"这一行，对介词 over 的诠释与众不同，但从上下文看也说得通，成为此诗的一个模棱两可。佛洛斯特此诗的主题既为寻找圣杯，而诗中的景物，从冰川、豹山、窖洞到木桶，无不神秘、生动，饶有神话甚至童话的意味，则树林见生人来访而激动，也合情合理。另一方面，后文说树林因遮蔽了几棵老苹果树而自鸣得意，则其兴奋又不像因来客而起。

可惜的是，倒数第七、第六两行，柯译都弄错了。"廿年前哪里没有他们这些人？／他们过多地考虑到的是遮蔽了……"前文虽有"暴发户"的暗喻，这两行的两个 they 毕竟指的是树林，实在不宜径说"他们这些人"。同时 not twenty years ago 译成"廿年前"，而 where were they all 译成"哪里没有他们"，皆误。文法身份为关系副词（relative adverb）的 how，在中译时往往不必理会，以免句法冗杂、生硬。柯译拘于原文，习于直译，照译不误，实为失策。见字译字，而不解在中、英语法抵触难合时，应该舍车保帅，泯字于句，结果当然是西化的直译。此乃一般译文之通病，而大陆的译文尤为如此。末句也失之冗长，大可简化为"或者嘎吱吱赶着一马车谷子"。

一九九五年八月十七日于加拿大

第九届译诗原文

Field-Glasses

Though buds still speak in hints
And frozen ground has set the flints
As fast as precious stones
And birds perch on the boughs, silent as cones,

Suddenly waked from sloth
Young trees put on a ten years' growth
and stones double their size,
Drawn nearer through field-glasses' greater eyes.

Why I borrow their sight

Is not to give small birds a fright

Creeping up close by inches;

I make the trees come, bringing tits and finches.

I lift a field itself

As lightly as I might a shelf,

And the rooks do not rage

Caught for a moment in my crystal cage.

And while I stand and look,

Their private lives an open book,

I feel so privileged

My shoulders prick, as though they were half-
fledged.

Andrew Young(1885 – 1971)

Aunt Julia

Aunt Julia spoke Gaelic

very loud and very fast.
I could not answer her—
I could not understand her.

She wore men's boots
when she wore any.
—I can see her strong foot,
stained with peat,
paddling the treadle of the spinning wheel
while her right hand drew yarn
marvellously out of the air.

Hers was the only house
where I lay at night
in the absolute darkness
of the box bed, listening to
crickets being friendly.

She was buckets
and water flouncing into them.
She was winds pouring wetly
round house-ends.

She was brown eggs, black skirts

and a keeper of threepennybits

in a teapot.

Aunt Julia spoke Gaelic

very loud and very fast

By the time I had learned

a little, she lay

silenced in the absolute black

of a sandy grave

at Luskentyre.

But I hear her still, welcoming me

with a seagull's voice

across a hundred yards

of peatscapes and lazybeds

and getting angry, getting angry

with so many questions

unanswered.

Norman MacCaig(1910 – 1996)

第九届译诗组得奖作

双筒望远镜

柯彦玢　译

虽然苞芽还在用姿势交谈；
冰冻的土地已把燧石镶嵌，
坚固不移有如宝石；
鸟儿在枝头栖息，静默如果实，

但是猛然从慵懒中被唤醒，
小树增长了十年树龄；
石头也扩大了一倍，
透过望远镜的大眼被拉近来。

我借用那双筒的目镜，
是为了不寸寸潜行逼近，
让小鸟儿们受惊吓；
我教树前来，带着山雀燕雀。

我把一片原野整个举起
如托举一块搁板那样轻易；
乌鸦也并不怒啼，
虽一时被囚禁在我透明的笼里。

在我伫立窥望之时——
它们的私生活像本摊开的书籍——
我觉得享有着特许，
竟至双肩高耸，似已半化成羽。

———安德鲁·杨

朱莉亚姨妈

柯彦玢　译

朱莉亚姨妈说盖尔语，
嗓门很大话很快。

我无法应答她——
我听不懂她的话。

如果她穿鞋子
她就穿男式长筒靴。
——我看得见她强健的脚
沾满了泥炭土，
把纺车的踏板踩得啪啪响，
同时她的右手奇迹般地
从空中抽拉出纱线来。

她的家是我在夜间
躺在箱形床的
一片漆黑中，倾听
蟋蟀们亲密相处的
唯一的地方。

她是水桶，
水猛地倒进其中。
她是风，在房子的四周
不停地吹送着湿气。
她是褐色鸡蛋、黑裙子，

是茶壶里面

三便士硬币大小的螺栓。

朱莉亚姨妈说盖尔语

嗓门很大话很快。

等到我学会了

一点点时，她却静静地

躺在卢斯肯泰尔

一座沙土坟墓的

一围漆黑之中。

但我仍然听见她，

借海鸥的鸣叫声

越过方圆百码的

泥炭地和土豆秧床，欢迎着我，

一边生着气，生着气

是因为有这么多问题

未得到回答。

————麦凯格

千里镜

张华　译

蓓芽暗语依仍，

而冰地把燧石结成

坚固如同宝石，

而群岛栖枝静默如球实

骤从慵懒醒来，

幼树加快成长十载，

石块体积倍变，

在千里镜的大眼中趋前。

我借双筒明睛，

为免悄悄逐寸前行

而让小鸟惊觉——

召来树木带着枝头雀莺。

千里手中一揽，

轻轻举起如托架板；

鸦群不扰不噪，

拘留片刻在我水晶笼牢。

当我伫立观看，

鸟儿秘态如书开展；

我觉福缘崇荣，

双肩乍凛仿佛着羽半丰。

——安德鲁·杨

朱丽亚阿姨

张华　译

朱姨说盖尔话，

好快又好大声。

我不知怎回答——

我不知她说啥。

她常穿男人鞋，

当她不光脚板。

——我可看到她的壮脚，

沾着泥煤，

一面踩着纺纱车转轮的踏杆，

一面用右手奇妙地

从空中抽出线纱。

她家是我唯一
过夜的地方，
躺在暗黑如墨的
嵌床里，听着
蟋蟀唧唧示好。

她是水桶，
而水流滔滔涌入；
她是阵风，湿湿灌过
尾尾的转角；
她是褐色的蛋、黑色的裙，
也是三便士硬币的存钱筒，
存在茶壶里。

朱姨说盖尔话，
好快又好大声。
等我学会了
少许，她已
无言躺在漆黑如墨的
沙墓，

在勒斯肯多。
但是我还听到她，招呼着我，
用海鸥的声音
距离百码之外
隔着泥煤场和卵石田，
而怒气渐起、怒气渐起，
因为这么多问题
没人回答。

——麦开格

望远镜

林秀梅　译

尽管新芽含语未吐
寒地也将燧石植入
紧镶之如宝石
群岛高楼枝头，静默如球实，

刹然，自盹懒中被唤招
小树却增长十载之高
石子扩大两倍之积，

望远镜大些的眼，将它们拉近了自己。
我借助望远镜之眼力
不想让鸟儿惊觉险栗
一吋一吋悄悄逼挪；
我使树木前来，捎来山雀与碛鹩。

我抬起一方田畴
也轻举一片沙洲，
而白嘴鸦并不怒恼
暂困于我的水晶笼牢。

我站定细看，
它们的生命清朗了然，
深感天地待我之厚意
我的双肩耸起，仿佛有了羽翼。

——安得鲁·杨

茱莉亚姑妈

林秀梅　译

茱莉亚姑妈说的盖尔语

又快又大声。
我无法回她的话——
我听不懂她的话

只要脚上有鞋
她一定是穿着男人的靴。
我看到她沾满泥炭的
强壮双脚
踩着纺车的踏板，
右手神奇地
从空中抽出纱来。

夜晚她的房子
是我唯一能躺下的地方
在箱型床里的
无尽黑暗中，我听着
蟋蟀亲切的叫声。

她是水桶
也是暴跳入桶的水。
她是湿答答的风
在房子的角落穿进穿出。

她是褐色的蛋，黑色的裙，
也是守着茶壶里
三便士的人。

茱莉亚姑妈说的盖尔语
又快又大声。
我还没能学会
一点点，她已经
在沙墓里的无尽黑暗中
躺下
静静躺在拉斯肯特亚
但我仍听得到，听到她在招呼我
海鸥般的声音
穿过百码的
泥炭地与马铃薯田
越来越愤怒，越来越愤怒
因为有太多的问题都
没有回答。

——马格

望远镜

唐捐　译

蓓蕾还在娓娓呢喃，

冰封的大地已将燧石镶上

如宝钻那样坚硬

小鸟栖于粗枝，毬果般宁静

从慵懒中陡然苏醒

幼苗扩展了十圈年轮

石头的体积膨胀一倍，

望远镜拉近了距离，放大视野。

为何我要借助望远镜

而不伏在地上，寸寸逼近

带给小鸟一种惊骇；

我招唤群树，带着花雀与山鹊而来。

我可以举起大地

如板架般轻易，

白嘴鸦并不盛怒暴跳

虽然短暂被捕，在我的水晶牢

当我凝立，注视，
它们的隐私总是摊展如书，
我是如此蒙受荣宠
臂膀遽尔颤痛，就像它们羽翼将丰。

茱丽亚姑妈

唐捐　译

茱丽亚姑妈讲盖尔话
嗓门又快又大
——我无法了解
我无法回答

她穿着男人的靴子
要是她有穿的话
——我总是看到她结实的脚丫
沾满泥煤
踩着纺车的踏板
右手提着纺线
在空中划出奇妙的弧度

只有在她屋里的夜晚
我才能仰躺于
全然乌暗的
眠床，谛听
草虫亲切的声响

她是水桶
水流猛然注入其中
她是风，让水汽
布满整个房屋
她是棕色的蛋、黑色的裙
她是茶壶里的三块钱的
守护神

茱丽亚姑妈讲盖尔话
嗓门又快又大
我才学会那么
一点点，她已躺进
无边的黑暗
在沙土砌成的墓地
在露丝坎地耳
但我仍然听见她的招呼

用海鸥般的声音
穿过百码的
泥煤沼和小土坡。
然而她越来越急越来越气
因为说了那么多话
却无人应答。

双眼望眼镜

席玉蘋　译

花苞欲语还休
冰封的地将坚硬的石冻住
牢固一如镶嵌宝石
鸟儿栖息枝上，沉默如松果，

像是由缓迟中觉醒
小树蓦地长了十岁
石头也大了一倍
都被望眼镜的大眼睛拉得更近
我借助望眼镜的视力
为的是不惊动小鸟

一时时悄蹑靠近；
我使树木走向我，还带着山雀鸣鸟同行。

我举起一片田野
犹如举起架子般轻易
一下被捉进我的水晶笼里
白嘴鸦却也不生气。

我站着看着
它们隐秘的生活像本摊开的书
我感觉荣幸之至
使我双肩刺痛，犹如肩膀也长出半丰羽翼

——安得鲁·杨

茱莉亚姨妈

席玉蘋　译

茱莉亚姨妈说起盖尔话
声音又大又快。
我没法答话——
我听不懂她

她穿男人的靴
要不就啥也不穿。
——我看得到她强健的脚
还沾有点点泥炭，
踩着纺车的踏板，
右手神奇
凭空抽出纱来。

她的屋子是唯一
我夜晚躺在折叠床上
在完全的黑暗里
听着蟋蟀
友善的鸣叫。

她是水桶
也是活泼跃入桶里的水。
她是湿润的风
灌进屋子四周。
她吃棕色的蛋，穿黑色的裙
把三分钱的小零头
都攒在茶壶里头

茱莉亚姨妈说起盖尔话

声音又大又快。
等我学会一些
她却已沉默
躺在拉斯肯泰尔
沙做的坟里
完全的黑暗里。
可是我还听得到
她用海鸥般的声音欢迎我
隔着一百码远的
泥炭堆和土豆田
愈来愈生气，愈来愈生气
怎么问了这么些话
全都不见回答。

——麦克凯

野外望远镜

胡守芳　译

虽则花苞依然语意隐晦，
冻实的土中镶嵌着燧石
牢固有若宝石，

而鸟雀栖于枝干，沉默一如球果。
骤然自慵懒中醒转，
幼树凭添十年的成长；
岩石遽长了两倍，
被望远镜的大眼拉近。

我因何要借它们的眼力，
为了在寸寸偷身移近间
不致惊吓到小鸟；
我召树木向前，带来山雀和鸣鸟。

我举起一片旷野
像掀块板架那样轻易；
被我的水晶鸟笼逮住片刻，
白嘴鸦也不会动怒。

当我站立观望，
它们的私生活像本翻开的书，
我觉得何其有幸。
我的肩背耸立，仿佛羽翼半展。

——安德鲁·杨

茱莉亚姨娘

胡守芳　译

茱莉亚姨娘说盖尔话，
既大声又快。
我没法回答她——
我听不懂她的话。

她穿男人的靴，
如果她穿鞋的话。
——我可以看见她粗壮的脚，
沾满炭泥，
踩着织轮的踏板，
而她的右手抽引纱线，
神奇地像采自空中。

她家是唯一的住所，
入夜我躺在那里，
在极度黑暗笼罩的
箱形床里，倾听
蟋蟀友善的呼应。

她是那桶，

水在其中急速摆动。
她是那风，带着湿气流灌
到屋角。
她是那褐鸡蛋，那黑衫裙，
那个把三便士零角存放在
茶壶里的管家。

茱莉亚姨娘说盖尔话，
既大声又快。
等我终于学会
一点，她已安息，
静默无声地躺在极度黑暗笼罩的
勒斯肯泰尔
那沙穴里。
但我仍能听见她，招呼我，
她那海鸥般的嗓音
越过百码的
泥炭地和马铃薯养植床，
愈来愈愤怒，愈来愈愤怒，
有这么多问题
却没人回应。

——麦凯格

苏格兰风土民情

第九届译诗组综评

一

　　本届译诗组选为译题的两首诗，说来也巧，都是苏格兰现代诗人的作品。两位作者虽然不是十分有名，却各有特色，成就不凡。杨安诸（Andrew Young, 1885—1971）毕业于爱丁堡大学，曾任塞西克斯郡石门教区牧师，后又转任该郡齐切斯特大教堂教士。最擅短诗，写景生动，诗体整洁，尤爱驱遣复喻（conceit）；亦擅散文，好状花卉与地形。麦凯格（Norman MacCaig, 1910—1996）也是爱丁堡人，最擅描写苏格兰的市镇或乡野，风格在民俗之中常寓玄学诗风。

二

　　杨安诸的这首《双筒望远镜》文字简练，诗体特殊，译来不易。初读也许不觉得怎么别致，细读才会发现，原来每段格律都一样：一、三两行都是六音节、三重音的"抑扬三步格"；第二行是八音节、四重音的"抑扬四步格"；第四行则是十音节、五重音的"抑扬五步格"。此外，前两行互相押韵，后两行亦然，形成 aabb 两组不等偶句。

　　第一名柯彦玢的译文几乎毫无误译，而诗体的掌握，包括韵脚和句长，也大致工整，十分难得。细审之余，瑕疵当然不免。例如开篇的第一行，把 speak in hints 译成"用姿势交谈"，就不够贴切。苞芽初绽，该是微露绿意，恐怕还谈不上姿势。同时苞芽开口，该是暗示春至，恐非彼此交谈。在不换韵脚的原则下，这一行或可改为"虽然苞芽仍偷偷传言"。第二行的"冰冻的土地"不妨简化为"冻土"。

　　第二段有两个动词的被动式：waked，drawn，可以不拘原文文法，将被动式解除，同时为求译文畅顺，三、四两行也不妨考虑对调。试加调整如下，不知是否较妥：

但猛然从懒睡中惊醒，

小树增长了十年树龄，

用望远镜巨目近窥，

石头也都增大了一倍。

第三段前三行，误译的人最多，柯译却译对了，可惜平白添了一个被动式，而第二行的句法也欠自然。不妨改成："我借用双筒的远瞩，／免得一寸寸朝前匍匐。"三、四两行未能押韵，不妨把"惊吓"改成"惊怯"；"教树前来"译得不错，但若改成"召树前来"或"把树召来"，当更有力。

第四段译得颇佳，若要求全，却必须指出尚未尽符"六八六十"的句式，而乌鸦的动词 rage 用"啼"来译，分量也嫌轻。不妨稍做调整如下：

我把原野整块举起，

如一片搁板那样轻易；

乌鸦竟然也不怒噪，

甘愿暂囚在透明的笼牢。

末段较多瑕疵，因为前二行未押韵，privileged 作"享有着特许"也不很自然。此外，their private lives

译成"它们的私生活"，也欠浑成，显得突兀，因为"乌鸦"原文是多数名词 rooks，所以形容词所有格是 their，但"乌鸦"在译文里未定数量，忽然说成"它们"，未必易解。要解决这许多问题，或可改译如下：

> 而当我伫立窥视，
>
> 看书一般看鸦群的隐私，
>
> 我觉得真是荣幸，
>
> 双肩竟耸起，羽翼若将丰盈。

"看书一般"若更加意译，甚至可以说成"一览无余"。

三

麦凯格的《朱莉亚姨妈》描写苏格兰一位山地妇人，文字纯朴，富乡土气息，用的是自由诗体。译文不须对付韵脚，免去一层束缚，但是翻译自由诗体应如何避免散文化，也是一大考验。柯彦玢此诗中译，稍逊前诗。

首段的 Gaelic 几位得奖人都译成"盖尔语"，当为翻查英汉字典所得，自然没错。其实也可译成"赛尔特语"或"凯尔特语"。又因这种方言在苏格兰只有山地人（Highlanders）会说，也可以译成"山地话"。作者麦凯格既为苏格兰人而非爱尔兰人，则诗人的姨妈必为山地人无疑。

次段 I can see her strong foot 译成"我看得见她强健的脚"，本来没错。可是译者不曾注意：朱莉亚姨妈已死，此诗所述种种皆为回忆，所以动词皆用过去式。此处独用现在式，是强调作者记忆犹新，否则姨妈既穿长靴，作者怎能看见她脚上沾满泥炭？为了区分过去和现在，这句话不如译成"我还记得她强健的脚"或者"迄今我记得她健壮的脚"。末二行的while 直译"同时"，不必那么落实，大可译成"她的右手一面奇妙地／从半空拉出纱线"或者完全不理while 跟 her，径说"而右手真是奇妙……"

第三段的译文在句法上相当生硬，因为"她的家是……唯一的地方"中间隔了三行半，接应不良。不妨改成：

只有在她的屋里，
夜间我才会躺在
箱形床纯然的
黑暗里，听着

蟋蟀亲切的叫声。

第四段有两处不妥。She was winds pouring wetly／round house-ends 译成"她是风，在房子的四周／不停地吹送着湿气"。不很妥切，不如改作"她是风，绕着屋角／猛灌着湿气"。末二行 a keeper of threepenny bits／in a teapot 译成"是茶壶里面／三便士硬币大小的螺栓"，错了。译者想必把 bits 看成了 bolts，才会译出"螺栓"来：其实 threepenny bits 即英国旧币 threepence，乃最不值钱的硬币。所以这两行只要译成"爱把三便士零钱／收在茶壶里"，也就行了。

末段本来是佳译，可惜 welcoming me／with a seagull's voice 误为"借海鸥的鸣叫声……欢迎着我"，其实应译为"用海鸥一般的叫声／对我招呼"。

四

第二名张华所译《千里镜》把握原作诗体，亦步亦趋，最为谨严。原作每段四行，音节数量依次为六、八、六、十；张译四行的字数，依次亦为六、八、六、十。原作每段的韵脚依次为 aabb，张译如影随形，十分工整。不过如此设限，必须功力超群，才能"从心所欲，不逾矩"，否则难免生硬。张译大致正确、畅通，可惜首行的"暗语依仍"语意不清，第二行的"倍变"不够自然。第三段的"前行"可改为"匍行"，其末行"召来树木带着枝头雀莺"难接上文，不妨改为"我召来群树，附带着雀莺"。第四段原为佳译，只是 field 变成"千里"，失之夸大，且与"架板"的联想难接，同时"揽"究竟不是"举"。这两行不妨调整如下：

> 我把原野举起，
> 像托架板一样轻易；

末段的后两行译成"我觉福缘崇荣／双肩乍凛仿佛着羽半丰"，不够妥帖。"福缘崇荣"不但生硬，也嫌繁杂。My shoulders prick 译成"双肩乍凛"，也不合原意。"凛"是寒冷、威严、敬畏的意思，而 prick 意为竖起或刺痛，无法相通。全诗末二行不妨译为："我觉得真得宠，／双肩耸然，仿佛羽翼将丰。"或者："我觉得真优待，／双肩耸动，像就要飞起来。"或者："我觉得真荣幸，／双肩耸起，像翅膀快长成。"

张译的《朱丽亚阿姨》大致正确而流利，也有少数瑕疵，甚至误译。比较严重的是第三段：原作的意思是，只有在她家过夜，我才会如何如何；张译却说，"她家是我唯一／过夜的地方"，句法如此开始，后文就接不上了。第四段的末二行：and a keeper of threepennybits／in a teapot 译成"也是三便士硬币的存钱筒／存在茶壶里"，语调流畅，颇能承接上文，因为"存钱筒"呼应前文的褐蛋、黑裙，都是物品。不过 keeper 一字只能指人，并非物品，而且已经是有钱筒了，怎么又存在茶壶里呢？要解决这问题，恐怕还得恢复人的身份，或可将"存钱筒"改成"存户"、"储户"或者（带一点反讽）"财主"。至于"硬币"，也不妨改成"零币"或"零钱"，以应 bits 之零零碎碎。末段的 lazybeds 几乎不见于任何字典，难怪许多人译错。按此字意为马铃薯培植床，张译"卵石田"，不对。

五

林秀梅与唐捐并列第三名。林译《望远镜》错误不多，但为韵脚所困，句法往往周转不灵，首段把 speak in hints 译为"含语未吐"，颇佳，若改为"含语半吐"，当更贴近。"寒地"不如"冻土"，"植入"不如"嵌住"：第二行不如改成"冻土仍将燧石嵌住"。

第三行"紧镶之如宝石",太文了。首段前三行末均应加上逗点。

次段把 suddenly 译为"刹然",嫌生硬。为了押韵,把习用的"招唤"倒成"唤招",且将末行拉长到十五个字,显得失控了。改进之道,以下且举一例:

> 突然自懒眠中觉醒,
>
> 小树竟增长十年生命;
>
> 石头扩大两倍体积,
>
> 望远镜的巨目拉近了距离。

第三段前三行的译文次序不对,易生误解,其他译者亦多犯此病。不妨如此调整:"我借望远镜的眼力,/免得一寸寸地匍逼,/把那些小鸟都吓倒;"第四段第二行 as lightly as I might(lift)a shelf 译成"也轻举一片沙洲",大错。诗人轻轻调镜,把一整片原野搬来眼前,轻松得像搬一块架板。Shelf 当然也有"沙洲"一解,但此地只能解为"架板",否则举起一片沙洲怎么会不费力?关键乃在 might 之为虚拟,而非真做,所以不可说成"也轻举一片沙洲"。末段句长失控,第二行也译得不很好懂,代名词"它们"也嫌西化、突兀。不妨改成"禽类的隐私一目了然"。末二行改进之道,可参阅我对第一名柯译的评析。"深感天地待我之厚意"一句，太意译了。

《茱莉亚姑妈》一首，最大的问题在末段的第三行到第七行。By the time I had learned / a little, she lay / silenced in the absolute black / of a sandy grave / at Luskentyre 译作"我还没有学会／一点点，她已经／在沙墓里的无尽黑暗中／躺下／静静躺在拉斯肯特亚"。显然错了，因为原文意为"我才学会了／一点点，她却寂然／在纯粹的黑暗中躺进／沙土的坟墓，／在拉斯肯泰尔"。

此外，第二段三、四两行尽可依照原文的次序，译成"我能想见她的健足，沾满泥炭"，而不必移位。第三段前二行译成"夜晚她的房子／是我唯一能躺下的地方……"错得跟其他许多译者一样，可以参阅我前文的评析。第四段末二行译成"也是守着茶壶里／三便士的人"，未尽切合原文，不如说"也是在茶壶里存放／三便士零币的人"。

六

另一位第三名唐捐所译的《望远镜》，颇能遵守原文的段式"六、八、六、十"，但是韵脚却时见失控。首段前二行未能押韵，其实"镶上"只要改成"镶嵌"，就解决了。次段把 waked from sloth 译成"苏醒"，因而摆脱了被动语气，确是佳译。但是把 Young trees put on a ten years' growth 译成"幼苗扩展了十圈年轮"，却不够妥帖。须知诗人所见，都是望远镜中的景象。小树和石头被望远镜突然召来眼前，所以都变大了：小树像大了十岁，石头也体积倍增。但是望远镜只能观察外貌，却不能剖视年轮。此外，次段后两行的末字"倍"与"野"也不合韵。

第三段前三行是解释，而非问话，原意是：我所以要借助望远镜，是避免匍匐在地，寸寸逼近，而惊散了小鸟。唐译适得其反。其实关系副词如 why，不定冠词如 a，在译文中往往不必理睬，所以"带给小鸟一种惊骇"实在失之西化。一定要把 a 译出的话，也可以译成"一阵"，而非"一种"。

第四段第二行太短，不合原诗段式，不妨加上"举起"两字。而第三行又太长了，"盛怒暴跳"也嫌言重，何况鸦并不会跳，所以只要说"并不怒噪"或"并不鼓噪"也就够了。末段前两行也有问题，首先是没有押韵，其次是"它们"不如还原为本来的名词（前文的白嘴鸦并未标明单数或复数），至于"总是"则为原文所无。An open book 意指"完全公开""尽人皆知"，不一定要把"书"直译出来。所以这两行不妨译成"当我伫立而眺望，／鸦群的隐私了若指掌"；或者"当我凝立而窥看，／鸦群的隐私一目了然"。一定要把"书"保留的话，也不妨把第二行改成"鸦群的隐私像书本开展"。末段末二行也尚可改进。飞禽的隐私在望远镜的缩地术下得以饱窥，诗人感到兴奋而满足，恍若翼从肩生，几乎飘然飞起，也要羽化成禽。这是握筒骋望一刹那的幻觉，不宜说成客观的情况，所以feel一字必须保留。同时prick在此宜做"耸起"解，而末行的they是指同一行的shoulders，不可与前两行的their（指rooks）混为一谈。唐译径译为"就像它们羽翼将丰"，读者容易误会，以为末段两个"它们"所指相同。其实英文中译，必须参透代名词，往往可以不予理会，反而灵活无拘。因此这两行大可译成："我感到如此荣宠，／臂膀竟耸然，就像羽翼已将丰。"

唐译的《茱丽亚姑妈》相当流畅，却不够正确。首段末二行在译文中对调，并无必要。次段末二行误译，"弧度"纯为原文所无。第三段的"眠床"与"草虫"不够精确。第四段的"布满整个房屋"与原文未尽相符。Threepennybits误作"三块钱"，太大意了。Keeper译作"守护神"，也太言重。第五段的"小土坡"也是误译，而两个getting angry却分成"越急……越气"，也未免太写意了。比较严重的一点，是原文的标点在译文里几乎全被删去。原文虽然是自由诗体，却非台湾的现代诗。译者原是优秀诗人，却不宜用创作的习惯来对待翻译。

七

佳作得主席玉蘋所译《双筒望远镜》，把题目误打成"双眼望眼镜"，而内文又有两处"望眼镜"，未免太大意了。第二段的"像是"为原文所无。第三段前三行，像其他许多译者一样，层次不清，所以文意难明。"一时时悄蹑靠近"说的是"我"，而非小鸟，但是紧接在"为的是不惊动小鸟"之后，读者容易误解是说小鸟。同时，"蹑"虽轻手轻脚，却译不出 creeping 来。至于第四行，长达十六字，也嫌累赘。改进之道，可参阅我在前文对其他得奖人此段译文之评语。第四段译得颇佳，只是"一下"乃指发生之快，而非为时之短，不足以当 for a moment。末段毛病不少，包括未能押韵，"它们"所指不清，"使"字承接不当，"肩膀"重复多余，"刺痛"并非原意，而末行长达十七字，也失之拖沓。此外，标点用得十分随便，例如第二段全不加标点，末段各行也不点断。

《茱莉亚姨妈》一首，译得流利自然，十足口语腔调，而且很少误译，实在胜于前一首。可惜第三段的句法有头无尾，"唯一"之后不见有下文承接。末段"她却已沉默／躺在拉斯肯泰尔／沙做的坟里／完全的黑暗里"四行，衔接得也不顺当。"沙做的坟里"不如改成"沙土坟里"，"土豆田"也宜改为"马铃薯田"。

八

另一佳作得主胡守芳所译《野外望远镜》完全不顾韵脚，当然好译得多，但是不合要求。第二段的"凭添"应作"平添"。第三段毛病不少：why 直译"因何"，太拘泥字面。"寸寸偷身移近"译不出"爬行"的原意；"为了在寸寸偷身移近间／不致惊吓到小鸟"的说法，让人误会诗中人真向前匍匐了，其实他立在原地未动，只靠调整镜头，便已召来树木。最误人的还是"它们"难明究何所指，因为英文的 glasses 是多数，所以其所有格也是多数的 their，但中文的望远镜却非多数，后文忽然用"它们的"来指称，自然格格不入。第四段虽未押韵，原本却是佳译。末段的"它们的"情况相同，也与数量不明的白嘴鸦难以配合。

《茉莉亚姨娘》一首，译得大致稳当。只是第三段跟许多译者一样，转不过弯来，竟说成"她家是唯一的住所"，与后文难以衔接。第四段的"水在其中急速摆动"没有把 flouncing into 译出来。末段除第五行太冗长之外，可谓佳译。

第十届译诗原文

Piano

Softly, in the dusk, a woman is singing to me;
Taking me back down the vista of years, till I see
A child sitting under the piano, in the boom of the
  tingling strings
And pressing the small, poised feet of a mother
  who smiles as she sings.

In spite of myself, the insidious mastery of song
Betrays me back, till the heart of me weeps to
  belong

To the old Sunday evening at home, with winter
    outside

And hymns in the cozy parlour, the tinkling piano
    our guide.

So now it is vain for the singer to burst into
    clamour

With the great black piano appassionato. The
    glamour

Of childish days is upon me, my manhood is cast

Down in the flood of remembrance, I weep like a
    child for the past.

D. H. Lawrence(1885 – 1930)

Futility

Move him into the sun—

Gently its touch awoke him once,

At home, whispering of fields unsown.

Always it woke him, even in France,

Until this morning and this snow.
If anything might rouse him now
The kind old sun will know.

Think how it wakes the seeds, —
Woke, once, the clay of a cold star.
Are limbs, so dear-achieved, are sides,
Full-nerved—still warm—too hard to stir?
Was it for this the clay grew tall?
—O what made fatuous sunbeams toil
To break earth's sleep at all?

Wilfred Owen(1893 – 1918)

Politics

"In our time the destiny of man presents its
   meanings in political terms."

—*Thomas Mann*

How can I, that girl standing there,
My attention fix

On Roman or on Russian

Or on Spanish politics,

Yet here's a travelled man that knows

What he talks about,

And there's a politician

That has both read and thought,

And maybe what they say is true

Of war and war's alarms,

But O that I were young again

And held her in my arms!

W. B. Yeats(1865 – 1939)

第十届译诗组得奖作

钢　琴

严　韵　译

暮色中，女人正对我浅唱低吟；
引我看见，穿过多少年的光阴
孩子坐在钢琴底下，听琴弦振动呜呜
握住笑眯眯唱着歌的母亲腾空的纤小双足。

不知不觉中，歌声渐渐将我占据
任由往事侵袭，直到我心深处哭泣着亟欲
重回昔日家中的星期天晚上，门外是冬天
温暖的客厅里赞美诗声洋溢，有叮玲的琴音为伴。

此刻歌声虽转激昂，黑色的大钢琴澎湃
也已于事无补。我被笼罩在
童年岁月的光辉下，洪流般的记忆
冲去了长大成人的我，像个孩子为过去哭泣。

——劳伦斯

徒 然

严 韵 译

把他移到阳光下——
轻柔地它的抚触曾将他唤醒过，
在家乡，耳语着尚未播种的田野。
它总能唤醒他，即使是在法国，
但今晨的这场雪中却办不到。
如果现在有什么能叫醒他，
慈祥和蔼的太阳会知道。

想想它是怎么唤醒种子的——
还曾经唤醒过寒冷行星上的土与尘。
难道那样矫健的四肢，和灵活的

身体——犹有余温——已僵硬得无法动弹分寸？

人从尘土中来，就为了如此的终点？

——啊，究竟为什么让太阳空忙一场

打断大地的休眠？

——欧文

政　治

严　韵　译

"在我们的时代里，人的命运是透过政治来呈现
意义。"

——汤马斯·曼

我怎么能，那女孩就站在那儿，

全神贯注在

罗马的或是俄国的

或是西班牙的政治上，

然而这里有一个行万里路的人

见多识广，

那里又有一个读万卷书的政客

深思熟虑，
也许关于战争和战争的警讯
他们说的有道理，
但我多么希望再年轻起来
把她拥进怀里。

——叶慈

钢　琴

陈耿雄　译

昏暗中，女人轻轻为我唱了起来；
使我忆起一连串的往事，后来
我看见隆隆琴声中，小孩坐在钢琴底下，
紧靠边唱边笑的母亲那双小巧的脚丫。

歌曲暗中泄露我的心意，
最后我情不自禁地哭泣，
想起昔日家中周日晚上，外面正值寒冬
在舒适客厅中唱圣歌，还有带头的钢琴响叮咚。

所以现在歌者突然随着快活热情的
钢琴歌曲大声放歌只是徒然。童年的
魔力向我逼近，男子气概泪入记忆
洪流里，像个孩子，我为了过去啜泣。

——劳伦斯

枉　然

陈耿雄　译

将他移到阳光之中——
太阳的轻抚曾唤醒他，
低声说家里的田地尚未播种。
即使在法国，太阳始终唤醒他，
直到早上这场雪才结束。
现在若有法子可唤醒他
亲切的老太阳会清楚。

想想太阳如何唤醒种子，——
一度唤醒寒星之泥土。
健壮的两胁，珍贵的四肢——

仍温热——硬得搬不动乎？

泥土是否因此而长高呢？

——噢，是什么使日光愚昧

怎么吵不醒沉睡的泥土呢？

——欧文

政　治

陈耿雄　译

"这年头人类命运之意义呈现在政治观点上。"

——汤玛斯·麦恩

那儿站个女子，我怎能

专注于

罗马、俄罗斯

或西班牙的政治，

虽然这儿有位旅人知道

自己言之何物，

而且那儿有位政客

既作研究又会思考，

他们所言或许适用于
战争和警报，
但我希望能再次年轻
搂她入我怀抱。

——叶慈

钢　琴

陈信宏　译

轻柔地，一个女人在黄昏里对我歌唱；
引领我回到从前的时光，直到我看见
一个小孩坐在钢琴底下，置身琴弦清脆的声响间，
依偎在微笑吟唱的母亲那小巧轻盈的脚上。

我无可自主，那蛊惑人的歌声
激荡着我的情感，直到我心亟于回到
那安坐家中的周日夜晚，屋外寒冬风号，
厅内圣歌昂扬，导以铿锵的琴声。

现在歌者虽然随着热烈的琴声高歌昂激

却已无可挽回。童年时光笼罩着我，
我的男子气概为回忆所淹没，
过去的时日使我如孩童般啜泣。

——劳伦斯

无济于事

陈信宏　译

把他抬到阳光底下——
故乡柔和的阳光曾经唤醒他，
提醒他田地仍未播种。
在今晨这场雪之前
阳光总能唤醒他，即使在法国也一样。
他现在能否再醒来
知道的也只有慈祥的太阳。

你看阳光如何唤醒种子——
如何唤醒这冰冷行星上的土壤。
难道这好不容易长成的四肢，

难道这仍温暖健全的身躯，竟难以唤醒？

难道土地沃腴的结果仅只如此？

噢，无知的太阳究竟为何多事

打断大地的睡眠？

——欧文

政　治

陈信宏　译

"现代人的命运脱离不了政治。"

——汤玛斯·曼

那位女孩站在那儿，叫我如何能

专注研究

罗马或苏俄

或西班牙内政，

虽然这位见闻广博的人

言之有物，

那一位政治家

更是睿智博学，

而有关战争及战争的前兆，

他们所言想必有理，

但我只希望我能重拾青春

拥她入怀。

——叶慈

钢　琴

刘慎元　译

暮色里，一位女士对我低唱着；

领我回溯多年时光，直到看见了

孩子坐在琴下，身处震耳隆隆弦音间，

推着妈妈时而停顿的小脚，而她边唱边展欢颜。

不由自主地，藏在歌声中的魔力

诱我堕入过往，直到我心哀泣，

追忆昔日家居周日的傍晚，室外皆冬，

以及舒适客厅中赞歌声，震耳琴音为大家引路。

所以现在纵有歌者猛然引吭不能相扰，

即使加上大黑琴热情奏鸣也属徒劳。

儿时魅力萦绕不去，成年光阴浪掷于回忆洪流里，

像个孩子一样，我为往昔哀泣。

——劳伦斯

徒　劳

刘慎元　译

把他搬到阳光底下——

在家里，仿佛悄悄絮叨着未播的田，

日光的轻抚曾柔柔地唤醒他。

日光总能唤醒他，即使在法国也一样，

直到这个早晨、这场雪。

如果现在能有什么法子使他起身，

慈祥的太阳老兄会知道。

想想看它是如何唤醒种子的——

曾经唤醒过寒冷星球上，上帝以土造的人身。

四肢健全、躯干完整、犹有余温，

却僵硬得再也不能使他活动了吗?
难道为了变成如此,这人身才长得如此高大吗?
哦!究竟是什么东西让昏昧的阳光费力
来打断泥土的沉睡?

—— 欧文

政　治

刘慎元　译

在我们这个时代,人类命运的意涵,呈现在政治
措辞里面。

—— 托玛斯·曼

仁立在那儿的姑娘啊,
不管是在西班牙的政治也好,
还是罗马的或是俄国的也罢,
我怎能留心在这些事情上?
这里依然有旅人懂得
他所谈论的事情,

那里也有政治人物

既有学问，又富心思。

或许那些有关战争和战争警讯的事

他们所言不虚，

哦！但我却希冀再度年少，

把姑娘拥入我的怀抱。

——叶慈

钢　琴

游元弘　译

有个女子，对我轻柔地歌唱，在傍晚；

带我回溯岁月的深景，直到我看见

一孩童坐在钢琴下，琴弦铮铮然激刺作响，

紧抱母亲平衡的小脚，母亲微笑地歌唱。

对歌曲隐然熟练，我情不自禁地，

流露自己回到过去；终至我的心哭泣

归向往日家中星期天的黄昏，冬在户外绕，

圣歌，在暖适的客厅，钢琴叮叮为引导。

这歌者，伴着黑色大钢琴音的热情，
顿时嚣然高唱，现在已徒劳无功；
童稚时代的魅力降临我，我的成年崩倒下来
抛入记忆的洪流，我为过去哭泣，像个小孩。

——劳伦斯

无 益

游元弘 译

把他搬移到阳光中吧——
阳光的触摸，曾轻轻地叫醒他
在家中，轻轻低语着原野未播种。
阳光总是叫醒他，即使在法国，
直到今天早上，这雪冷冷。
现在如果有什么可以叫醒他，
这仁慈的老太阳知道。

想想阳光是如何唤醒种子的，——

曾经唤醒，一冷星上的泥土。

如此亲爱难得的四肢，布满神经的侧身

——犹有余温——难道已僵硬得无法翻动？

是不是因这缘故，泥土变高了？

——啊！促使傻傻的缕缕阳光，卖力

把大地沉睡打断的，究竟是什么呢？

—— 欧文

政　治

游元弘　译

"在我们这时代，人的命运以政治术语陈现意义。"

——托玛斯·曼

我怎么能够（那女孩站在那儿），

集中注意力

在罗马的，或俄罗斯的，

或西班牙的，政治？

这里却有个游历颇广的人，
知道自己在谈论什么；
而那里有个政治人物，
既阅读也思考了；
他们所讲的，也许适用于
战争以及战争的警讯；
但是我啊祈愿再年轻一次，
把那女孩搂抱在臂弯里。

——叶慈

十四行里转乾坤

第十届译诗组综评

一

第十届梁实秋文学奖译诗组的译题，一律是十四行以内的短诗，其作者均为二十世纪初的诗人，活跃于英国文坛。劳伦斯原为小说大家，但其诗作产量亦丰，评价不恶，常得诗选青睐。这首《钢琴》发表于一九一八年，属于早期作品，虽然双行押韵，但每行音节从十三个到十七个不等，只能说是"有韵的自由诗"。

欧文与爱德华·汤默斯（都是一次大战阵亡的英国杰出青年诗人。他死时才二十五岁，生前只发表了四首诗，大部分的作品都在战后问世。如果他不夭亡，英国的现代诗史或将重写。他的主题自然是战争，表现的不是浪漫的爱国精神，而是战争的残酷与可悲。在诗体上，他最大的贡献是在传统的"全韵"之外，发展出一套"半韵"或"邻韵"（para-rhyme），日后对奥登一辈诗人颇有启发。欧文的姓 Owen 其实应读"欧英"，W 并不发音。

至于叶慈，二十世纪前半最伟大的英语诗人，无须再加介绍。他这首小品虽只寥寥十二行，却像他惯用的句法一样大开大阖，一气贯串，盘马弯弓，蓄势而发。因此不同于其他二诗，这首《政治》在文法上只是一句话，用四个连接词呼应而成。大诗人果然气旺。

二

第二名严韵所译的《钢琴》，在韵式上极力追随原作，大致工整，可是第三行末的"呜呜"失之生硬，第八行的"为伴"与原文不尽相符。第四行"握住笑眯眯唱着歌的母亲腾空的纤小双足"句法冗长而吃力，一气难完。其他译者也大半被此句考倒。原句虽长，却有形容子句 Who smiles as she sings 来缓冲。译文

"握住……双足"中间隔开十四个字，就深感尾大不掉。解困之方，或可在句法上一分为二，变成"按着母亲凌空的纤足，听她带笑歌唱"。如此一来，韵脚也换了，上一句也不妨改成"……听琴音隆然回荡"。Tingling strings 在原诗中不过是要跟后面的 sings 押韵，所以 strings 不必刻意直译。

至于七、八两行，至少也有两种改法。一是第七行不变，仍为"门外是冬天"，但第八行改成"有玎玲的琴音领先"或"有琴音玎玲领先"。一是前一行改韵成"门外是严冬"，后一行应以"追随着琴音琤瑽"。Hymn 读来是赞美诗，唱来便是圣歌了。第三名陈耿雄译为"圣歌"，比较妥帖。如是，严译第八行大可改为"温暖的客厅有圣歌扬起，追随着琴音琤瑽"。

严译首段还有两处不妥，便是第一行的 a woman 和第三行的 a child 都有不定冠词，不可不理，否则文意不清。Betrays me back 译"任由往事侵袭"，失之繁重，不妨简化为"诱我回去"或"骗我回头"。至于第六行的"我心深处"，则是超译了，只说"我心"便足。

末段四行严译大致平稳，却把前三行悬宕的回行（run-on line）理得太整齐、太温驯了。The flood of remembrance 原为隐喻，译成"洪流般的记忆"，却驯为明喻了。同理，my manhood 何等老练浑成，"长大成人的我"却译得平白无力。严译这四行不妨稍加调整如下：

> 此刻歌者虽突转激昂，响应澎澎湃湃
> 那黑色大钢琴，也是无补。我被罩在
> 童年的光彩下，洪流滚滚的记忆
> 淹没了我的壮年，孩子般我为过往哭泣。

这新译四行的字数，依次是十五、十四、十三、十六，与原诗四行的音节数量完全符合。

三

第三名陈耿雄所译《钢琴》，也着力押韵，但是"来"字、"的"字都重复，而"冬""咚"又同音，仍嫌勉强。五、六两行比起别行来也失之太短。Taking me back down the vista of years 译成"使我忆起一连串的往事"，嫌太平淡，不如严译"穿过多少年的光阴"那么具体。Pressing the feet 译成"紧靠脚丫"，颇佳。第五行"歌曲暗中泄露我的心意"不合原文，逊于严译。第八行译了十九个字，太长了，后半句不妨减为"钢琴带头响淙淙"。末段 great black piano 译成"钢琴歌曲"，实为不足。"童年的魔力"是佳译，但是已经附体的 upon me 译成"向我逼近"，也嫌稍弱。

另一位第三名陈信宏所译的《钢琴》，句法平稳，也押了韵，至于把原诗 aabb 的次序改成了 abba，倒也无可厚非。首行把"轻柔地"放在行首，最忠于原文顺序。第三行后半句的"置身琴弦清脆的声响间"，冗赘而又生硬，不妨改成"灌耳隆隆的繁弦"。第四行 poised feet 译成"轻盈的脚"，未尽贴切，不妨改成"轻举的脚"或"平举的脚"。Betrays me back 译成"激荡着我的情感"，不符原意。"寒冬风号"和"高歌昂激"都以韵害词，不够自然。末段的 the glamour of childish days 变成"童年时光"，漏译了 glamour。末行"过去的时日使我如孩童般啜泣"也不合原来的句法，不妨改成"像孩子一般我为了往昔而啜泣"。

佳作之一游元弘的《钢琴》中译也有押韵，但未尽完善。In the boom of the tingling strings 译作"琴弦铮铮然激刺作响"，有欠自然，且与上下文脱节，不妨改作"听琴弦震耳回荡"。第四行"紧抱母亲平衡的小脚，母亲微笑地歌唱"，把拖泥带水的长句一分为二，颇见巧力，但"紧抱"却言重了：母亲的纤脚真要被孩子紧抱，怕就会失去平衡了吧。"冬在户外绕"太勉强了，可删去"绕"字，再把下一行改成"圣歌在暖和的客厅，有钢琴叮叮领带"。九、十两行未见押韵，语气也不像原文，同时，"嚣然高唱"也欠美。或可调整如下：

此刻，纵歌者放声高唱，应着大黑钢琴
轰轰烈烈的骚音，怕也是徒然费心。

此外，首行完全不依原文的顺序，第五行"对歌曲隐然熟练"的误译，"我的成年崩倒下来"的有欠贴切，都应加改善。

另一佳作得主刘慎元《钢琴》的译文，有意押韵，但不够自然。头两行结尾的"低唱着"和"看见了"，勉强用虚字互押，不够稳当，而且削弱了句法。第四行嫌太冗长，"边唱边展欢颜"也嫌生硬，不妨跟前一行一并调整如下：

有孩子坐在钢琴下，琴声震耳隆隆，
他按着母亲虚踩的纤脚，看她唱歌的笑容。

七、八两行全不押韵，难以交代；同时第八行也太松散。不妨如此修正：

> 神往旧家的周日傍晚，门外是冬天，
> 温馨的客厅里圣歌唱着，有琴声铿铿指点。

第九行的"不能相扰"为原文所无。第十一行的"萦绕不去"不足以当原文 is upon me 的直截了当。"浪掷"不但太文，也失之太虚，没有 cast down 那么响亮明确。

四

三首诗中，以欧文的《枉然》最深沉、含蓄，对一般译者说来也较难懂、难译。要充分掌握此诗用意，必须了解其历史背景。诗中的"他"显然也是参加"一次大战"的一位英国军人，刚在法国阵亡。那天早上虽然下过雪，却又转晴出了太阳。太阳虽为万物之母，却无法教眼前这位健儿起死回生。诗人悲愤之余，不免从同袍之死想到生命的终极意义，对战争的控诉尽在不言之中。诗人当时不知，或者竟有预感，不久他自己也会殉国。我们身为后人，读来更深悲悯。

在诗体上，要注意此诗每段首、尾二行只有六个音节，其他各行均为八个音节（亦即 iambic trimeter 与 iambic tetrameter），段式相当工整。韵式却颇复杂，表面上似乎是 ababccc 依次排列，其实 abc 三韵都非"全韵"，而是"近韵"或称"谐子音"（consonance），即两字前后子音结构相同而母音相异：例如 ripe, rope。这种技巧在传统的全韵之外另辟新途，可以免除全韵的单调。《枉然》的后段之中，seeds, sides, star, stir 正是"谐子音"的佳例。至于 tall 与 all, 固然是押全韵，但是这两个字跟 toil 的关系，却是"谐子音"了。译诗而要依原诗押韵，已经十分不易，而要追摹这独门绝技的"谐子音"，就更苛求。这一点，我不拟追究，但译者与读者却不可不知。

严译的这首《徒然》大致无误，也遵守了韵式，但一行短者七字，长者十六字，却见失控。too hard to stir 四个单音节，到译文里却变成十个字"已僵硬得无法动弹分寸"，当为与"土与尘"勉强押韵之故。要解此困，不妨连前三行一起调整：

想太阳怎么把种子唤醒——

当初，曾经唤醒某寒星的泥团。

如此宝贵的四肢，如此灵敏

的两胁——犹有余温——竟硬得无法动弹？

Clay 一字在诗中出现了两次，值得注意。这个字本义当然是泥土，引申义却是肉体、凡躯、血肉之身。它第一次出现，应指大地，再出现时，应指血肉之身——第一次指万有生命之始，第二次便是指长大成人的这位阵亡战士了。在英文里，两者是同一个字。但在中文里却难以叠合。也许前一个 clay 可译"尘世"，后一个 clay 可译"尘躯"。因此倒数第三行不妨译成："尘躯从小到大，就为了这一天？"

陈耿雄译的《枉然》也有意追随原韵，可惜不够自然，第十一行的"硬得搬不动乎？"文白夹杂，尤其生硬。其实，第九行结尾的"泥土"若改成"土地"或"顽泥"，第十一行就可以转韵，改成"硬得没办法挪移？"。但是倒数第三行的"泥土"却必须改成"凡身"、"尘躯"或"顽躯"，否则译文的读者会莫名其妙。

第二行把 its 译成"太阳的"而非"它的"，是佳译；同时，把 gently its touch 灵活处理，译成"太阳的轻抚"，也很老练。第三行把副词片语 at home 当作形容词，不妥，不如保存原文句法，仍作"在家乡，低诉田地尚待播种"。其实，相对于后文的"在法国"，此地 at home 也可译"在国内"或"在故国"。

末两行原意是说：好好一条汉子，白长了这么高，竟是如此下场。早知如此，愚昧的老太阳何必费事唤醒地球，唤醒万有的生命，唤醒我的阵亡战友呢？前段结尾，太阳还是 kind old sun；到了后段结尾，作者在悲愤之余，竟忍不住骂他昏庸，叫他做 fatuous sunbeams。这简直成了质疑造化的终极"天问"了。陈耿雄译成了"怎么吵不醒沉睡的泥土呢？"却与原意相反。诗末的动词 made 是过去式，与第九行的过去式 woke 前呼后应，说的是当初的开天辟地。陈耿雄误会成眼前事了。

陈信宏把诗题"Futility"译成"无济于事"，不足以表现生命成长的浪费与战争的荒唐。他的译诗在句法上大致稳实，在文意上也无大错，但押韵很不严整。第五行"阳光总能唤醒他，即使在法国也一样"，失之冗长，不妨删去"也一样"。第六行"他现在能否再醒来"之后，应该有逗点。Still warm 修饰的是四肢与两胁，但陈信宏只派它修饰两胁，不妥。又 too hard 是"太硬"而非"太难"。倒数第三行"难道土地沃腴的结果仅只如此？"乃误译，且令读者不解。此句的 clay 是指死者的身躯，grew tall 是指长大，不可说成"土地沃腴"。

游译《无益》既不控制句法，也不照顾韵式，加以一再用"吧""的""了""呢"等虚字来收句，乃沦为过分松散的自由诗。例如前段的"轻轻低语着原野未播种"一句，whispering 既已译"低语"，就不必再加"轻轻"了。大致上说来，前段句法并未失控，但是后段的句子，长短就太参差了。后段的三、四两行：

> 如此亲爱难得的四肢，布满神经的侧身
> ——犹有余温——难道已僵硬得无法翻动？

句法不但冗长，而且把 dear-achieved 译作"亲爱难得"，十分生硬。不妨从简调整如下：

> 如此可贵的四肢，活泼的两胁
> ——犹有余温——竟僵得无法动弹？

倒数第三行"是不是因这缘故，泥土变高了"也失之直译，且令人误会是在说坟土堆高了呢。

刘译《徒劳》也是既不追摹韵式，又不整顿句法，太散文化了。句长从八字到十九字，悬殊更甚于游译。前段把 whispering 译作"仿佛悄悄絮叨着"，既杂又长，大可浓缩为"低诉着（有田未播种）"。同样，"如果现在能有什么法子使他起身"，也大可简化为"如果

365

现在有办法教他起身"。第四行"……即使在法国也一样",也不妨把"也一样"删去。后段超长的两行都是原文 clay 惹出来的麻烦:刘译先后是"曾经唤醒过寒冷星球上,上帝以土造的人身"与"难道为了变成如此,这人身才长得如此高大吗"都失之冗长。前句的 clay 既属寒星,又紧接在"种子"之后,当指洪荒的大地,不宜径译"人身"。后句的 clay 紧接在死者变僵之后,当指为国捐躯的"躯",马革裹尸的"尸"。到了诗末二行,作者又回头探讨生命的起源与终极意义:break earth's sleep 说的就是 woke……a cold star。此诗在造化之大与自我之小两端反复探索生命的用意,正是在战争压力之下的悲悯心情。倒数第二行"哦,究竟是什么东西让昏昧的阳光费力",直译得过分冗长,大可改成"——哦,究竟为何昏昧的阳光要费力"。目前不少人写文章,爱用"让"字来取代"使"字,实在是可忧的现象,应加纠正。

五

　　叶慈的《政治》用性爱的直接与亲密来反衬政治的世故、战争的恐慌,而在面对当代的困境、人类的浩劫之际，宁可选择单纯而可靠的青春激情。在大危局中企图抓住一点私情的无奈感，原为不少战争小说的主题；就诗而言，也令人想起安诺德《多维尔海岸》（Matthew Arnold, Dover Beach）之类作品。叶慈此诗尚有两点值得注意。一是此诗发表于一九三八年，正当"二次大战"的前夕，欧洲已经危机四伏，不久之前意大利才并吞衣索比亚（Ethiopia），而西班牙内战刚爆发。另一是此诗之发表亦在叶慈殁前一年，当时诗人已经七十三岁，故有返老还少之想。叶慈晚年最担心的正是体貌日衰，情欲不振，故有拥女入怀之念。

叶慈引曼氏之言，有 political terms 之说：不少译者都译为"政治术语"或"政治措辞"，不妥。Terms 一字用途甚广，往往意为"关系""条件""角度"，不可限于"术语"。同时，in our time 就是"当代"，不必拘泥字面说成"在我们的时代"，尤其不必死心眼儿，说成"在我们的时代里"。严译不用"术语"，高明。

诗中的 politics 一般译者都翻作"政治"，当然没错，可是要拿来跟前两行的 fix 押韵，就难了。其实如果译成"政局"或"政情"，韵路就活多了。同时，Roman, Russian, Spanish 三个形容词，也不必一律译成"某某的"，机械地用"的"垫底。"的的不休"，正是一般译文之大病。所以此诗前四行不妨力求简明，设法合韵如下：

> 有那少女站在一边，我怎能
> 把全神贯注于
> 罗马，或是俄罗斯，
> 或是西班牙的政局？

不然可以转韵，另谋出路：

> 那少女婷立一旁，我怎么
> 能够聚精会神
> 在罗马或是俄罗斯，
> 或是西班牙的政情？

叶慈这首诗转了三次韵，严译均未追摹：末四行的"理""里"同音，不能算韵。第五、第七、第九各行都太长，应加浓缩。五、六两行没有把 that knows what he talks about 译出来。七、八两行把 that has both read and thought 分解为一前一后的"读万卷书的（政客）／深思熟虑"，失去了排比。为了合韵并浓缩句法，可做如此调整：

> 这边却有个人经验充足，
> 言论也很有见识，
> 那边又有个政治人物
> 既好学又深思；

"也许关于战争和战争的警讯"一句也失之于长，还有 alarm 也不一定是"警讯"，更有"惊惶"之意，例如安诺德《多维尔海岸》所云：And we are here as on a darkling plain ╱ Swept with confused alarms of struggle and flight 。所以十一、十二两行可以如此调整："说到战争和战争的恐慌 ╱ 也许他们都有道理。"末行的 in my arms 译成"怀里"，是对的。许多译者竟直译为"（拥入）臂弯"，甚至"（拥入）臂间"，实在生硬，不像中文。

陈耿雄译的《政治》，句法都很精简，大致也守韵式。可惜次行既是"专注于"，第四行却未乘势用"政局"来押韵。A travelled man 径译"旅人"，不妥。Knows what he talks about 译成"知道自己言之何物"，也不像中文。九、十两行的"适用于"不妥，尤其第十行嫌短，不妨重整为："他们所言或许都不差，／关于战争或战争的惊扰。"末行"搂她入我怀抱"胜过一般译文，但前一行的"但我希望能再次年轻"虽然比严译"但我多么希望再年轻起来"较为简洁，却与严译一样，未能把感叹词译出。如要悉依原文，可译"但愿啊我能够再年轻"。

陈信宏所译的《政治》，把汤玛斯·曼的那句话缩成了"现代人的命运脱离不了政治"，大意虽然不差，却太过简化了。他的前四行译文，改由首行与第四行押韵，也未始不可。但是政治包括外交，却不可限于"内政"。而 fix my attention on 乃指后文见多识广、博览深思的人士虽然高谈阔论，我却因美女当前而不能聚精会神；我不过是听人阔论，还说不上什么"专注研究"。第七行的 politician 只能译"政客"或"搞政治的"，最多只能算"政治人物"，却不可径称"政治家"。第八行把 that has both read and thought 译成"睿智博学"，不但颠倒原文，也嫌稍夸大。较为平实的译法该是"博览深思"或"好学慎思"之类。倒数第二行"但我只希望我能重拾青春"，比起末行"拥她入怀"来，几乎长近三倍，未免太过悬殊。反观叶慈原诗十二行，短者每行五个音节，长者每行八个音节，相差不到一倍。译文各行长短之差，约为原文之三倍，吟诵起来，节奏感就很不相似了。所以译者有责任斟酌译文，务使近于原文的节奏，以下且示一途：

> 但我啊宁可再度年轻，
> 拥她入我的胸怀。

游译的《政治》大致无错，但全不押韵，句法控制也不够严谨。"有个人……知道自己在谈论什么"失之过分直译，不像中文。"既阅读也思考了"句法不够浑成老练，又拖了一个不必要的虚字尾巴。末行"把那女孩搂抱在臂弯里"，不译出原文的"她"而译成"那女孩"，凭空多出两字。有现成的"怀里"不用，却用"臂弯里"，也失之直译。游译的九、十两行：

> 他们所讲的，也许适用于
> 战争以及战争的警讯；

也可以改进。首先，true of 是"说对了"而非"适用于"。其次，译文为求顺畅有力，也不妨把原文的两行颠倒如下：

> 说起战争与战争的警讯，
> 也许他们都有理；

刘译《政治》的前四行太粗心了，失误不少。首行将主词"我"押后，只说"伫立在那儿的姑娘啊"，这么一来，英文文法的独立主格（nominative absolute）就变了质，成了直接的称呼。二、三两行把西班牙提前，却把罗马、俄罗斯挪后，全无道理。第四行"我怎么留心在这些事情上"拖在最后，把原文的悬宕顿挫整个松开，力道大减。此句的"这些事情"，正如前两句的"也好""也罢"，都是加油加醋，"超译"出来的。五、六两行失之直译：中文不会说"他懂得他在讲什么"，只会说"他说得有道理""他说得头头是道"，或者"他说的是内行话"。同时，"依然"和"旅人"都有问题。九、十两行将原文顺序对调，以合中文语气，颇佳。"他们所言不虚"尤为佳译。可惜第九行"或许那些有关战争和战争警讯的事"，冗赘得像散文，大可减肥为"有关战争与战争的警讯"。倒数第二行"哦！但我却希冀再度年少"，其中"哦！"的部位摆得太前，"希冀"也嫌太文。不妨一并解决如下："而我啊但愿再做少年／把她拥进我怀抱。"

一九九七年十一月于西子湾

第十一届译诗原文

Sonnet to My Mother

Most near, most dear, most loved and most far,
Under the window where I often found her
Sitting as huge as Asia, seismic with laughter,
Gin and chicken helpless in her Irish hand,
Irresistible as Rabelais but most tender for
The lame dogs and hurt birds that surround her, —
She is a procession no one can follow after
But be like a little dog following a brass band.
She will not glance up at the bomber or condescend
To drop her gin and scuttle to a cellar,

But lean on the mahogany table like a mountain

Whom only faith can move, and so I send

O all my faith and all my love to tell her

That she will move from mourning into morning.

George Barker(1913 – 1991)

Two Performing Elephants

He stands with his forefeet on the drum

and the other, the older one, the pallid hoary

  female

must creep her great bulk beneath the bridge of

  him.

On her knees, in utmost caution

all agog, and curling up her trunk

she edges through without upsetting him.

Triumph!the ancient pig-tailed monster!

When her trick is to climb over him

with what shadow-like slow carefulness

she skims him, sensitive

as shadows from the ages gone and perished

in touching him, and planting her round feet.

While the wispy, modern children, half-afraid

watch silent. The looming of the hoary, far-gone
  ages

is too much for them.

                                        D. H. Lawrence(1885 – 1930)

第十一届译诗组得奖作

致母十四行

胡守芳　译

最贴心、最亲密、最挚爱、又最远的——
我常见她依窗而坐
巨若亚细亚　笑声动天地
琴酒和烧鸡脱不了她爱尔兰人之手。
拉伯雷式的幽默嘲讽令人无法抗拒
对待身旁的残犬伤禽却又何等仁慈。
她是那行进的队伍　别人只能
如小狗跟着军乐队般追随。

她不屑仰视轰炸机　也不屈身
舍下琴酒　仓皇逃入地窖避难。
反倒倚身红木桌前　像座大山

唯独信仰可移　因此我寄上
全部信仰与爱　好让她知道
她将自我的哀思中　移入晨晓。

——巴克

两头表演戏法的大象

胡守芳　译

它将前足放置鼓上
另一只年长些、孱弱苍老的母象
得将庞大身躯在它的拱体下俯行

她屈膝跪下　小心翼翼
满怀了期待　卷曲象鼻
毫不碰触地缓缓穿过
胜利！猪尾巴的古老巨兽！

当戏法要她从它身上越过
如同幻影般缓慢小心
她轻轻掠过

触身与投足间　灵敏有若
逝去岁月中的幽灵

纤小的现代孩童半畏惧地
沉默观望　难以承受
那赫然耸立　苍老又久远的年代

——劳伦斯

献母亲

刘慎元　译

最亲密、最亲爱、最心爱，也是最遥远，
我常见她傍窗，
坐着，庞然如亚洲，笑声回荡，
在她那爱尔兰人的手中，琴酒和鸡肉乖乖就范，
难以抗拒如拉伯雷，却最和善

以待跛犬、伤鸟绕身旁，——

她是一列游行队伍，无人能尾随而不像

小狗跟着管弦乐队一般。

她不会仰头一瞥轰炸机，也不会失态

掉落她的琴酒，仓皇窜入地窖，

反而倚着桃花心木桌，像山一样稳，

只有信心能移动她，因此我献出来，

啊！我所有的信和爱来向她诉告：

她将从心沉移往新晨。

——巴克尔

两只表演象

刘慎元　译

他站立，前脚都搭在鼓上

而另一只，较老的，苍白且皤然的母象

必须匍匐巨体于躯桥之下。

靠膝盖，小心翼翼

急急切切，卷起鼻管，

她挨蹭而过，未引起他不快，
成了！这古老猪尾怪兽！

当她该表演爬上他的把戏时
以一种谨慎，真像阴影般缓慢
她掠过他，她敏感一如
来自消逝衰败岁月的阴影，
就在碰触他，踏下圆足的时候。

而那些头毛未盛的现代孩童，半带惊惧地
默默观看。这幡然、高龄之隐约身影
对他们来说太大了。

——劳伦斯

给母亲的十四行诗

余淑慧　译

至近，至亲，至爱与至远，
时常在窗下，我看到她
坐着，庞大如亚洲，震荡以笑声，

琴酒和鸡无力辗转于她那爱尔兰之手

霸道如拉伯雷，她却极其温柔

对待围绕在身边的瘸狗和伤鸟，——

她是一列队伍，无人可以跟随

除非像只狗，尾随军铜乐队。

她不会抬眼正视轰炸机，也不会屈尊俯就

扔下琴酒，向地窖逃逸，

她会像座山，向桃花心木桌旁倚

除了信仰，无人能加以挪移，是以我寄上啊

我所有的信仰，所有的爱，告诉她说

我将会从哀悼挪移到晨早。

——贝克

两只表演的象

余淑慧　译

他站立着，前脚搭在鼓上

而另一只较年老的，垂老苍苍的母象

必须自他的身桥下爬过，以她肥硕的身躯。

屈膝跪地，极度小心

兴奋异常，且卷起了长鼻

她从他身下徐徐挤过，没有惊动到他

成功了！那年老，长了猪尾巴的巨兽！

在演出爬过他身上的把戏时

她以影子般缓慢的细心

轻轻掠过，灵敏

宛如遥远，逝去的岁月之影

轻触着他，放下她圆圆的脚。

一群怯弱的现代孩童，半怀着忐忑的心

静静地看着。那隐然耸现，远逝的灰白年岁

真较他们无从领会。

——劳伦斯

给母亲的十四行诗

陈义超　译

最近，最亲，至爱又极其遥远，

我常常见她就坐在那扇窗下
一如笑声撼动的硕大的亚细亚，
菁酒鸡肉在她爱尔兰手里算什么，
拉伯雷般地不可抗拒却至为爱怜
那些瘸腿的狗负伤的鸟环顾她，——
她这样一支队伍谁跟得上啊
不过像只小狗随着铜管乐队在后。
她不会抬头瞄一眼轰炸机也不屑
扔下手中的菁酒急步溜下地窖，
靠着桃花心木餐桌恰似座山
唯有信心移动得了，我谨致上
哦全备的信心和全部的爱告诉她
悲痛哀悼之后她会进入新晨。

——巴克

两头象玩把戏

陈义超　译

他站立，前足在鼓上
而另一头，岁数较大的，灰白的老母象

庞大的躯体得从他底下爬过。

她膝头跪地，小心翼翼
跃跃然，那长鼻上卷
慢慢地她挪动过去全不烦他。
成功！这尾巴如猪尾的老怪物！

表演爬越过他的把戏时
影子似的缓慢谨慎
由他身上掠过，灵敏地
仿佛湮逝的时代投下的影子
轻触他，踩下她圆圆的足。
那些瘦小的现代孩童，半是害怕
看得发怔。遥去的苍古隐隐逼临
怎堪他们消受。

——劳伦斯

从母亲到母象

第十一届译诗组综评

一

本届梁实秋翻译奖译诗组的译题，一为巴克尔的《商籁献母亲》，一为劳伦斯的《马戏班大象》。两首都是短诗，巴克尔的十四行采用传统的押韵诗体，但写来并不工整；劳伦斯写的则是他所惯用的所谓自由体。比起前十届译诗组的译题来，这两首诗不算怎么难译。

巴克尔（George Barker, 1913—1991）为三〇年代崛起的英国诗人，辈分比奥登那群牛津左翼诗人稍晚，但同样以政治现实入诗，颇有道德关怀。另一方面，他的抒情诗狂放浪漫，意象大胆，技巧繁富，在四〇年代的诗人中，作风与狄伦·汤默斯相近。巴克尔在英国诗坛自是名家，但评价不一，尚未能称大家，以致有些现代诗选并不见纳。不过这首《商籁献母亲》之为杰作，却几近公认，"入选率"甚高。诗人艾洛特（Kenneth Allott）对他的评论是："就我所见，老实说，很少现代的诗人在同一本诗集，甚或同一首诗之中的表现，优劣之间会像（巴克尔）这样悬殊。我认为《商籁献母亲》是真正的成就，温柔而有谐趣，写得极美，但末行的双关语却不幸失手。"

劳伦斯乃现代小说之重镇，但诗作的产量亦丰，成就也不弱。他对琢磨诗艺并不着力，诗风侧重意象，为二十世纪初意象派同人；最受欢迎的作品是以动植物为主题，常见于诗选之名篇有《蛇》《蝙蝠》《山狮》《巴伐利亚龙胆》等。

二

巴克尔这首十四行诗大致上是仿意大利体，但每行长度从九音节到十四音节，参差不齐，而韵式则前八行（octave）为 abcdabcd，后六行（sestet）为 efgefg。第一名胡守芳处理前八行的形式不太切贴，不但每行从八字之短到十五字之长相差太甚，而且几乎全不押韵，但是处理后六行却比较追随原诗架式。

第二行"我常见她依窗而坐"太短，不妨延长，例如"我时常看见她窗下倚坐"。四、五、六行均太长，亦可稍加浓缩，或可削成："琴酒、烧鸡难挣她爱尔兰掌握，／粗线条的作风令人无法抗拒，／对身边的残犬伤禽却最心软。"如此则每行都可省三字。一定要保留 Rabelais 的话，也可以说成"哈伯雷式的谑弄所向披靡"。

"巨若亚细亚"若要更响亮，亦可译作"博大如亚洲"。前八行的末二行译得相当好，但稍欠稳健。如果这样译，或许更好："她是一人就成队，谁要是追随／就会像一只小狗跟着军乐队。"

巴克尔这首名诗写于一九四四年，正值"二次大战"结束的前一年，英国人对德机轰炸伦敦记忆犹深。本诗前八行描写母亲平时的神态，后六行则笔锋一转，描写她战时如何镇定。She will not glance up at the bomber or condescend ／ To drop her gin and scuttle to a cellar，胡译"她不屑仰视轰炸机，也不屈身／舍下琴酒，仓皇逃入地窖避难"，不很妥帖。"不屑"出现得太早了，应该用来对付行末的 condescend。"舍下"太弱，不足以对 drop。"避难"多余。这两行不妨稍加更动：

她不会仰瞥轰炸机，也不屑

丢下琴酒，仓皇逃避入地窖，

末行的双关谐音相当难译，胡译未能译出，而且诠释不当。本诗动词用过去式，仅第二行的 found 一字，其他用于母亲的动词均为现在式，足证母亲仍在人间，并未死于空袭，所以"我的哀思"不合诗意。末行的 mourning，与此字在狄伦·汤默斯名诗《不愿哀悼伦敦一孩童死于战火》(*A Refusal to Mourn the Death, by Fire, of a Child in London*)中所用的意义相同，是哀空袭的死难者。所以胡译末行"她将自我的哀思中移入晨晓"不确，倒是其他得奖人所译较近原意。

胡译的第二首大致不差，似乎略胜于前一首。马戏班这两头大象，一公一母，原文既然是"他"和"她"，译文中的"它"不如改成"他"，俾与"她"平衡对称。第三行"得将庞大身躯在它的拱体下俯行"，语法不妥。"俯行"是不及物动词，所以不能说"把（某物）俯行"，只能说"庞然巨体得匍行过他的拱桥"。

第五行的 agog 译为"满怀了期待"，却与原诗上下文不全相合，因为"兴奋"有之，"期待"却未必。同时，主词已经是象，her trick 就不宜说"象鼻"。因此第五行可以改成"满怀了兴奋，卷起长鼻"。第六行 she edges through without upsetting him 译成"毫不碰触地缓缓穿过"，不尽符合原意。Upset 意为"撞倒""推翻"，译成"碰触"，未免太轻了。其实此行可以"顺译"，变成"她擦身通过，没把他撞倒"。

第七行首的欢呼 triumph，胡译与许多得奖人一样，都作"胜利"，未免失之生硬。有人译为"成功"，显然好些。第二名刘慎元译为"成了"，更接近原文的语气。其实，"行了""过了"，甚至更简短的一声"好"，都比直译"胜利"为佳。

第三段译得最好。只是"它"不如还原为"他"。In touching him, and planting her round feet 译为"触身与投足间"，简洁浑成，但是把 planting her round feet 太简化了，段末二行的两个"灵"字也犯了重复。若略加调整如下，译者以为如何？

她轻轻掠过，与他相触，
圆足一一踏稳，灵敏有若
逝去年代的幽影。

末段三行译得相当浑成：第二句不换主词，仍用现代孩童领句，一气贯串，很有力量。可惜原文的标点在胡译里变成了空格，而前三段译文的标点，除了两个惊叹号外，也都给译者拿掉了。译者如此擅改原文的形式，不知是有意还是疏忽？胡女士译诗、译文、散文创作都得过奖，殊为多才。还望她层楼更上，精益求精。

三

第二名刘慎元所译巴克尔诗，强调韵序（rhyme scheme），却忽略了句长，可谓得失互见。刘译把巴克尔此诗当作典型的意大利体十四行诗来处理；前八行的韵脚译成了 abbaabba，反而不合巴克尔原诗，后六行则译成了 cdcdcd，也与原诗相左。同时为了押韵，译文不免扭曲，至于措辞欠妥。例如 condescend / To drop her gin 译成"失态／掉落她的琴酒"就误解原文"不屑／放下"之意了。"告诉"倒为"诉告"也不自然。

但是刘译更大的问题，是诗行的长度失去控制。巴克尔此诗各行的长度，平均在十一个音节上下，长短差距不过五个音节。刘译则短行只有六字，长行竟达十九字，次长者亦有十六字，太悬殊了。诗行在译文中如何保持常态，是译诗者基本的功夫，不可不究。

长如第四行：

> 在她那爱尔兰人的手中，琴酒和鸡肉乖乖就范，
> 难以抗拒如拉伯雷……

也尽有办法可加浓缩，例如：

> 她那双爱尔兰的手掌，鸡酒在握
> 就难以抗拒如拉伯雷……

或者稍变句法，例如：

> 鸡酒一入她爱尔兰人的掌控，
> 就如被擒于拉伯雷……

又如刘译七、八两行：

> 她是一列游行队伍，无人能尾随而不像
> 小狗跟着管弦乐队一般。

也大可重新调整，例如：

她是一人就成队，无人能追随

而不像小狗紧跟着军乐队。

末行刘译"她将从心沉移往新晨"，有意呈现原文 from mourning into morning 的双关，颇见巧思，有为者当如是也。可惜"心沉"与"新晨"都不很自然，朗诵起来恐怕也不很好懂。如果把"新晨"改成"清晨"，就会比较自然可解。否则也可以把句法延长，说成"她会摆脱哀伤而进入晨光"，如此则虽不双关，尚有呼应。

刘译《两只表演象》因为无须应付韵脚，在句法上显得比他所译的另一首诗自然。虽然第二行长了些，第一段译得仍相当稳妥。第二段第三行："她挨蹭而过，未引起他不快。"前半句乃佳译，后半句却错了。Upset 有数解，"令人不快"只是其一；此地只能解为"撞倒"。第三段毛病较多。climb over 不只是"爬上"，而是"爬过""越过"。With what shadow-like slow carefulness 译成"以一种谨慎，真像阴影般缓慢"，不妥，因为 shadow-like 同样形容 carefulness。不妨改为"多么缓慢而谨慎啊，有如阴影"。第三段的后半段，其实是把这意思再说一遍，但是刘译表意欠明，不够连贯。可以更动句法如下：

她掠过他，十分机警，

擦身而移，圆足一一踏稳，

有如年湮代远的投影。

末段 the looming of the hoary, far-gone ages 是指
小童观象，隐约感到远古的蛮荒，不免惴然。刘译"这
幡然、高龄之隐约身影"却指大象了。大象就在群童
面前表演，身影怎会"隐约"呢？末行也嫌太直译。

四

第三名洪淑芬所译《十四行诗致母亲》无论在韵
脚或句法上，都追随正宗的意大利体十四行。后六行
洪译的韵脚完全符合原文顺序，但前八行洪译的韵脚
悉依意大利体，排列成 abbaabba，则与巴克尔之诗不
符。所以为韵造句，像第二行的"倚着那扇窗儿靠"，
第四行的"爱尔兰手里瘫"，第七行的"无人能不紧跟
牢"，第八行的"像狗儿般"都稍稍失之于俚，与原文
之平实不尽配合。第二句的"巨然如亚洲般坐"亦失
之文白夹杂。

全诗译意大致无误，只是七、八两行与原文的说

法仍有出入，而"紧跟牢"加上"尾随乖乖于后"也译过了头，有点重复。"鼠窜"一词，言重了。"派遣我的全心全意"，语焉不清，"派遣"也欠妥。末行却是佳译。

《两头表演象》也有一些毛病。第一段"那苍白太古母体的"含意不清，语法亦怪。"胯下"指两腿之间，怎容大象穿过？不如说"拱身之桥"。第二段的"蜷缩起肢干"有误：象身上唯一能蜷缩的只有"长鼻"。"毫发不惊"也不对，without upsetting him 只是"没有撞倒他"而已。第三段的"飘忽的不疾不徐"大错："不疾"有之，"不徐"从何而来？"蜻蜓点水"以喻大象，也太轻灵了。同时，大象也不可能"纤巧"，只可说是"机警"。Planting 译"着陆"亦欠妥，大象并未起飞，如何能着陆？末段的"垂髫"，太文了。"情何以堪"也是一样：原文 too much for them 多么单纯。

五

佳作之一余淑慧的《给母亲的十四行诗》，除相邻两行偶尔互押之外，并未照顾原诗的韵序，而诗句之长度从九字到十七字不等，也有点失控。第三行的"震荡以笑声"语意不明，好像是说用笑声来震荡亚洲了。第七、八两行："她是一列队伍，无人可以跟随／除非像只狗，尾随军铜乐队。"原是佳译，可惜"随"字犯重。第九行"也不会屈尊俯就"，太文也太长，干脆说"也不屑"就行了。第十一行"她会像座山，向桃花心木桌旁倚"把原文次序颠倒，反而难与下文衔接，应该恢复原文次序。第十二行"无人能加以挪移"长而无力，宜删去"加以"，并将"挪移"改为"撼动"。同样是 move，前为及物动词，后为不及物动词，所以末行不宜译，"挪移"或"撼动"，可译"进入"或"踏入"。原诗作者之名译成"贝克"，失之粗心。

余译《两只表演的象》大致正确而畅顺，优于前一首。瑕疵当然不免，例如第二行"年老的，垂老苍苍的"，连用二"老"是为犯重。末二段的"岁月"与"年岁"，均宜改为"年代"。末行的"较"当为"教"之误。

佳作之二陈义超所译《给母亲的十四行诗》，句长控制得宜，相当整洁，但并未依原诗押韵，为其不足。此诗译得颇佳，错误极少，只可惜第三行的 seismic with laughter 原来是形容 her 而不是 Asia，陈译却作"一如笑声撼动的硕大的亚细亚"。第六行把狗和鸟说成是"环顾她"，也不妥当。第八行末的"在后"完全多余。

　　陈译《两头象玩把戏》流畅可读，原可成为佳译，不幸误将 without upsetting him 译作"全不烦他"，生理的变成了心理的了。Beneath the bridge of him 译成"他底下"，未将桥的意象译出。"跃跃然"用来形容大象，也欠妥。

第十二届译诗原文

From "Tithonus"

The woods decay, the woods decay and fall,
The vapors weep their burthen to the ground,
Man comes and tills the field and lies beneath,
And after many a summer dies the swan.
Me only cruel immortality
Consumes;I wither slowly in thine arms,
Here at the quiet limit of the world,
A white-haired shadow roaming like a dream
The ever-silent spaces of the East,

Far-folded mists, and gleaming halls of morn.

Alas!for this gray shadow, once a man—

So glorious in his beauty and thy choice,

Who madest him thy chosen, that he seemed

To his great heart none other than a God!

I asked thee, "Give me immortality."

Then didst thou grant mine asking with a smile,

Like wealthy men who care not how they give.

But thy strong Hours indignant worked their wills,

And beat me down and marred and wasted me,

And though they could not end me, left me maimed

To dwell in presence of immortal youth.

Immortal age beside immortal youth,

And all I was in ashes. Can thy love,

Thy beauty, make amends, though even now,

Colse over us, the silver star, thy guide,

Shines in those tremulous eyes that fill with tears

To hear me? Let me go; take back thy gift.

Why should a man desire in any way

To vary from the kindly race of man,

Or pass beyond the goal of ordinance

Where all should pause, as is most meet for all?

Alfred, Lord Tennyson(1809 – 1892)

Long Distance

Though my mother was already two years dead
Dad kept her slippers warming by the gas,
put hot water bottles her side of the bed
and still went to renew her transport pass.

You couldn't just drop in. You had to phone.
He'd put you off an hour to give him time
to clear away her things and look alone
as though his still raw love were such a crime.

He couldn't risk my blight of disbelief
though sure that very soon he'd hear her key
scrape in the rusted lock and end his grief.
He knew she'd just popped out to get the tea.

I believe life ends with death, and that is all.

You haven't both gone shopping;just the same,

in my new black leather phone book there's your
   name

and the disconnected number I still call.

Tony Harrison(1937 –)

第十二届译诗组得奖作

节自《缇索纳斯》

彭安之　译

林木颓败，林木颓败，倾毁。
雾气将负担泣入大地，
人来，耕作田畴，长眠其下，
多少寒暑交替后天鹅死去。
残酷的永生独独将我
销蚀；我缓缓雕败你怀里，
在这世界的寂静边界，
一个白发影子如梦般漫游
东方永走无声的空间、

缈远的氤雾、光辉的晨殿。

可叹哪！这灰暗阴影，曾身为人——

何等风光，因他的俊美和你的属意，

是你相中了他，让他的雄心

志得意满自视无异于神祇！

我当时请你："给我永生。"

你就一笑应允了我的要求，

像有钱人不在乎如何出手。

但你强愤不平的时间自有主张，

打倒了我，毁损我、消磨我；

他们虽无法终结我，却使我残，

存着去面对永驻的青春，

不死的衰老伴着不逝的青春，

我的过去尽成灰烬。你的受、

你的美、能否补偿？虽然现在，咫尺之上，银色

晨星，你的导引，

正闪烁于你那噙泪颤抖倾听

的眸。让我走吧；收回你的恩赐。

怎么会有人渴望和自然的

人类有任何一点的不同，

或超越人类宿命的终点？

众生当止于彼，因它最适众生。

长　途

彭安之　译

虽然当时母亲过逝已经两年
爸还把她拖鞋放暖气旁保温
热水袋摆在床上她的那一边
并仍去更新她的交通票证

不能随便串门子。得先打电话去
他会推托一个小时以便
收起她的东西假装独居
仿佛无法自拔的爱是天大罪愆

他不能承受我质疑的打击
即使确信就快听到她的钥匙
插入生锈的锁，终结他的悲戚
他确知她只是跑去倒茶吃

我相信生命终于死亡，一死百了
你俩不是都去购物；纵然如此
我新的黑皮电话簿里有你的名字
以及我至今依然在拨的空号。

——海瑞森

摘自《帝梭诺斯》

陈义超　译

林木枯朽，林木枯朽倾倒，
雾霭释出负荷掉落地上，
人来世，耕地，而后长眠地下，
多少个寒暑之后天鹅死去。
唯独我残酷的永生不死
耗损着；在你怀里慢慢衰萎，
在这静静的世界的边陲，
白首幽影有如梦幻漫游
在东方这永寂的空际，
重重雾里，这曙光微微的黎明之居，

唉！这灰色影子一度是个人——
美貌添上你的垂青多么光耀，
他成为你所宠爱，真仿佛
那得意的心中自己就是神！
我请求你："赐我长生不死。"
你果真便含着笑许我所求，
有如毫不在意施舍的富人。

长　途

陈义超　译

虽然母亲已经去世两年了
爹照旧暖伊的拖鞋在炉边，
把热水瓶摆在床伊那一侧
依然拿伊的乘车证去更换。

不能随意就去。打电话说声。
他会要你延后一小时让他好
收起伊的东西看来像是单身
仿佛他毫不改变的爱真是糟。

405

他唯恐因我不信而受打击
却相信伊的钥匙他很快就会听到
在锈了的锁中喀嚓结束他悲悒。
伊突然来喝茶了他就是知道。
我相信人死生命终止,一切了啦。
你们不会都去买东西的;老样子,
我那新黑皮电话簿里有你的名字

长　途

李生凰　译

虽然我的母亲已经去世两年
爸仍在煤气炉旁暖她的拖鞋,
把热水袋放在她睡的那一边床上
而且依旧帮她更换新的乘车票。

你不能突然造访。你得先打电话。
他会拖延你一个钟头,好让他有时间
把她的东西清理掉而且摆出独自一人的模样
就好像他那仍伤痛未愈的爱是一种罪过。

他不能冒险让我的怀疑打击他

虽然他确信很快就会听到她的钥匙

在生锈的锁孔中转动而不再悲伤。

他早就知道，她不过是出门去买个茶叶。

我相信生命终止于死亡，仅此而已。

并不是你们两个都出门购物了；然而同样地，

在我新换的黑皮电话本里，依旧记着你的名字

和那个我仍然打去的断线空号。

——哈里森

摘自《提索纳斯》

魏正仪　译

林木老朽　林木老朽而倾倒

氤氲沉重的泪水渗入了大地

人前来　耕耘于田亩上　而后长眠其下

几经寒暑　鸿鹄亦归尘土。

惟我　遭无情的永生啃噬

在你的双臂间　我日渐凋零

在此　世界沉寂的尽头

一个白发苍苍的身影　似梦般漂泊在

东方那一片亘古寂寥的荒域

远处层叠的云霭　晨曦中闪亮的殿堂间。

啊！此晦暗的身影

曾有那般耀眼的风采　因而得到你的青睐

你的钟情　让他意气扬扬　自诩为神！

"请赐予我永生吧！"我恳求你

而你微微一笑　应允了我的请求

如同富者　对自己的施舍　丝毫不以为意

但是顽强的岁月愤然执意而行

无情地击倒我　毁伤我　使我面目全非

虽无法夺去我的生命　却留下这不全的形骸

苟延残喘于永远年轻的你面前

不死的残躯伴着不老的红颜

而往日的我　已成灰烬

你的钟情　你的美丽　能挽回什么？

即使如今　你的眼眸仍因我的话语而颤着泪光

而低悬于夜空中那一颗指引你的银色星辰　下闪
烁其中

让我归去吧！　请收回你的恩赐

人原本不该企求

与自己至亲的同类有异
或妄想挣脱那
终将归于尘土的宿命。

——但尼生

遥　念

魏正仪　译

妈妈辞世虽已两年
爸爸仍在炉边为她暖着拖鞋
在她睡过的那一侧床上放热水袋
还继续为她更新乘车证
你不能突然造访　必须先打电话
他总会推三阻四　拖上一小时　好给他时间
收拾妈妈的东西　假装独自一人
好像他犹温的爱是一种罪过

他深怕见到我不置信的眼神
尽管他坚信片刻后　就会听见妈妈把钥匙
插入黄锈斑斑的锁里　那声音　将使他的伤

痛得到解脱
他知道她只是出去泡个茶罢了

我相信生命随着死亡划上句点　如此而已
你们俩不足上街去了；尽管如此
在我全新的黑色皮制电话本里　仍写着你的
名字
和那一个我依然拨着的空号

——哈里逊

人神天上恋，夫妻世间情

第十二届译诗组综评

一

第十二届梁实秋翻译奖的译题仍为两篇：维多利亚时代英国诗坛祭酒丁尼生（Alfred, Lord Tennyson, 1809—1892）的名作《缇索纳斯》（*Tithonus*）与英国劳工阶级的代言诗人哈瑞森（Tony Harrison, 1937— ）的作品《长途》（*Long Distance*）。两首都是好诗，但在各方面都成对照。《缇索纳斯》的主题是古色古香的传说，希腊神话的人神之恋，说黎明之女神奥洛娜（Aurora）爱上特洛邑王子缇索纳斯，为他求得长生，却忘了同时为他求得青春不老，于是黎明之女神美艳长在，而缇索纳斯则日趋老迈。《长途》则

是现代小市民平凡生活的写照，说的是为人子者对已
逝双亲的哀思：母亲先去世，父亲寂寞独居，对亡妻
不胜怀念，保留遗物悉如她生前常态；最后父亲也死
了，电话都销了号，但人子仍然拨长途给他。

《缇索纳斯》全长七十六行，译题只用其开头的
三十一行，乃是摘录。诗体用的是古雅稳重的"无韵
体"，特色是行式整齐，却无脚韵，回行不少，也屡见
行中断句；至于节奏，则比脚韵铿锵、分段整齐的格
律诗来得悠缓，宜于叙事与玄思。这种诗体为中国传
统所无，因此中国人的"诗耳"不易欣赏，翻成中文
也不容易讨好。

《长途》所用的是英诗最惯用的"抑扬五步格四行
体"（quatrain in iambic pentameter），除了少数例外，
每行都是十个音节，每段四行，押韵顺序为 abab，只
有末段是 abba，可说十分工整。哈瑞森写了不少这
种四段十六行的诗，并且援引梅瑞迪斯《现代爱情》
（George Meredith：Modern Love）之先例，称之为"商
籁"（sonnet）。

这两种截然不同的诗体，一位够格的译者至少应
该大致追随，不可太过"走样"。至于在语言上，《缇
索纳斯》的古雅，《长途》的朴拙，也应尽量把握，俾
两诗一文一白，相得益彰。丁尼生是英国有数的大诗

人，无须赘说。哈瑞森是当代的中坚诗家，风格却不沾后现代习气，反而颇有古典的节制，有时直追朱艾敦。他在家乡的里兹大学攻读的正是古典文学。谁能把这两位诗人译得称职，可以算得上译诗高手了。

二

《缇索纳斯》起头的四行庄重而悠缓，像音乐中交响诗（tone poem）开场的大和弦，为全诗定调，很有气派。第一名彭安之的译文确为佳译，但是这前四行可惜未尽妥帖。丁尼生擅用单音节的老英文字营造重拙高古的气象。这前四行三十三个字里只有八个字是双音节，余皆单音，照理节奏的效果该是"断音"（staccato），但是实际上的感觉却是"滑音"（legato），一大原因是四行竟用了四个 and，节奏乃感顺利。另一原因是到了第四行双音节的字多了起来，节奏乃"滑"多于"断"，尤其 many a 的组合更缤纷迅滑，调子渐快，遂用 dies the swan 压阵刹住。And after a summer dies the swan 这一句，巧用倒装的句法营造出魔幻的音调，纯属天籁，令我每诵至此都不禁叹其神奇，也难怪赫克斯礼（Aldous Huxley）用这句诗做

413

他小说的书名。

彭译的第一、第三行各以两个逗点作顿，形成了断音，比起原文前四行只有一个行内逗点来，失之顿挫过强。如果稍加修改，把首行写成"林木颓败，林木颓败又倾毁"，再把第三行写成"人来耕田，复长眠其下"或"人来耕地复长眠地下"，节奏当更稳顺。第四行彭译为"多少寒暑交替后天鹅死去"，十分正确，但未紧贴原文，不仅把压阵的"天鹅"挪前了，而且行尾落在亢急的"去"字上，与前两行尾的"地""下"一连三个字都是去声，不合原文的悠缓从容。原文以 swan 作结，乃响亮的实字，音调有气派，译文也应该保留。如果译成"过了多少夏天啊才死了天鹅"，或可两难并解。

第五、六行的前半句，原文把受词提前排头，非常强调，彭译却依散文的顺序还原成常态句，可惜。如果不拘语态（voice），或可调整顺序，将"残酷的永生独独将我／销蚀"改成"唯独我，被无情的长生／所销尽"。这么一来，后半句的"我"便可省去，变成"缓缓衰去在卿怀"。

第七行"在这世界的寂静边界"，两用"界"字，犯重，可译"在这寂静的世界尽头"。第十行"渺远的氤雾，光辉的晨殿"（far-folded mists, and gleaming halls of morn.), "氤雾"不太浑成, 不妨译作"重雾"。"光辉"对 gleaming 嫌强了些, 可用现成的"熹微"。

　　从第十一行到第十四行, 彭译的笔力遒劲可观, 把 who madest him thy chosen 译为"是你相中了他", 尤见灵活。不过 that he seemed／To his great heart 译过了头。或可改成:"使他恍惚间／志得意满, 自命无异于神!"其后的三行(十五行至十七行)也译得稳妥, 只是"你就一笑应允了我的要求"可稍易位, 变成"你一笑就……"节奏当更好。此外, "有钱人"若改"富人", "在乎"若改"计较", 都较妥帖。

　　再下面一句(十八行至二十三行)跨越六行, 有一行确是佳译("不死的衰老伴着不逝的青春"), 但是其前四行却有问题。But thy strong hours indignant worked their wills 译成"但你强愤不平的时间自有主张"; 把 wills 译成"主张", 大佳, 但是"强愤"却欠自然。Indignant 的文法身份有点暧昧, 可以和 strong 平行, 反身形容 hours, 更可以(依英诗文法)当作副词, 形容动词 worked。所以此行可以译成"唯你的光阴强悍, 愤愤然自作主张"。后面的 though they could not end me 译成"他们虽无法终结我", 也有不妥, 因为"他们"是指前文彭译的"时间", 原文 Hours 是希腊神话司时节之女神, 乃多数, 当然可称

they，但彭译"时间"一词却未标数量（也不必标），致后文的"他们"找不到原主，正译该是女性的"她们"。"却使我残／存着去面对永驻的青春"一句，回行生硬，语法也不妥，不妨连前句一并译成"虽无法绝我的命，却害我／残躯面对永驻的青春"。

从二十三到二十七行的一句，文法曲折，割裂太甚，十分难译。彭译到了"正闪烁于你那噙泪颤抖倾听／的眸"，显然技穷。用眸来听话，毕竟不妥。而以虚字"的"起行，也踏空了。同时，原文是 to hear me，译文只有"倾听"，并未说听什么。这种困境即译学高手也每要束手。或许可以这样突围：

正照你颤颤的泪眼，因听我怨言而泫然？

最后四行是一个问句，彭译相当畅达，末行略用文言，尤见老练，只是二十八、二十九二行失之浅白，并略嫌西化。若稍加调整，当更为圆浑，例如：

怎么会有人渴望哪一点
要有别于自己的人类，
或超越人类宿命的终站，
众生所当止，众生所共适？

三

写当代小市民亲情的《长途》一首，寓巧于拙，言浅情深，用低调的口吻来婉喻生离死别的无奈。彭译紧追原文，内容无误，语气妥帖，诗体逼真，实为佳译。小疵仍是有的。第一行的"过逝"应作"过世"。第三行如译"摆在她床头的那边"，当较顺口。第八行的 raw 应为"笨拙""朴实""尚未收口"（伤口未合）等义，用得不凡，却不易译好。彭译"无法自拔"似欠贴切。第十行与十一行尚可求精，例如"就算认定快听见她用钥匙／插刮着锈锁，一扫他的悲戚"。第十四行的"你俩不是都去购物"不大流畅，可改为"你俩才不是同去购物"。

以上我所言种种，是为了精益求精，不免苛求。彭安之这么年轻，已经有如此功力，潜能未可限量。

四

第二名陈义超所译的《帝梭诺斯》，每行字数控制在九字与十四字之间，而以十字至十二字为常态，充分配合了原诗的"无韵体"。译文流畅而自然，朗朗上口，偶有欠妥，却少犯错，实在难得。

第一行如在"倾倒"之前加一"而"字，当较流利而更近原文。第二行把 weep 意译为"释出"，错过了哭泣的形象，也减弱了悲剧的暗示。第四行虽译得无误，但其欠妥与彭译相似，可参考前评。第五行如在"唯独我"之后加上逗点，当可厘清文法，强调节奏。第六行的进行式虚字"着"太无力，宜删。第八、九两行的"白首幽影"与"空际"均为佳译。第十行长达十四字，有点失控了。如果能加浓缩，例如，"远雾重重，熹微的黎明之宫"，当更能与上下文气配合。

第十二行"美貌添上你的垂青多么光耀"，是大好活译，不过说俊男是美貌，毕竟不妥。第十五行的"长生不死"比彭译略胜一筹；其实第五行的"永生不死"也可以照改过来。第十六行"你果真便含笑许我所求"也稍胜彭译，把 didst 译成"果真"，亦见用心。可惜后面那一句"有如毫不在意施舍的富人"，却错了。原文的 how they give 强调施舍的手段，陈译却容易误会成"不吝施舍"而已。

第十八行"强悍的时节女神却愤然执意"，比彭译具体而可解。第二十行的"她们"可改为"纵然"；行末应加逗点；"了结"却略胜彭译的"终结"。其后两行，"苟活"是活译；"老衰"却不如"衰老"，尤其"衰"与"春"同声，失之单调。二十六、二十七两行译成："抖颤的眼睑着泪正闪闪发光，／答应我？"把星光照映女神泪眼说成星眼含泪了，于是"答应我"就成了星光的动作。原诗的本意，可参阅我评彭译之语，此地无须再赘。陈译倒数第二句"或者逾越了神旨所谕定的"，语气太稚弱，既以虚字"的"垫底，行末又无标点，可惜。不妨改成"或者逾越了神谕的归宿"。末行译得很老练，可惜拖得稍长，而"此万物最宜之理"也像古文而不像诗。不妨浓缩成"众生当有终，万物皆相宜"。

陈译《长途》第一段"把热水瓶摆在床伊那一侧"，不妥。"热水瓶"应作"热水袋"；这欠顺的句子不妨改成"把热水袋摆在她睡的那边"，只要说"睡"。自然就有"床"了。至于第一行，只要把"两年了"改成"……了两年"，就合韵了。第二段的问题在于勉强押韵，所以第二行用不稳的"好"字生硬垫底，而末行用不合原意的"糟"将就收句。同时，"毫不改变"也不妥当。一并解决之道，是重整如下："他会拖你一小时，让他来得及／收起伊的东西，假装是单身，／倒像他活生生的爱成了罪孽。"如果嫌"孽"押不上

"及"，也可以改成"罪戾"。

第三段的问题也是韵脚不妥，再加句长失控。不妨改成："……／却相信很快会听见伊的钥匙／在锈锁中喀嚓，他便不再悲悒。／他确知，她不过是出去找茶吃。"

五

本届译诗组得佳作奖者三人，比起前述的第一、第二两名，在功力上仍颇有差距，所以第三名从缺。佳作一的得主李生凰所译的《提托诺斯》，不无佳译，例如："只剩下我遭残酷的永生／销蚀；我在你臂弯中缓缓枯萎，／在此寂静的世界尽头，／一抹白发阴影如梦般流浪……"当然，"臂弯中"不如改"怀中"，"枯萎"不如"衰颓"或"憔悴"。

李译最大的毛病是句长失控，两首译诗皆然。《提托诺斯》的译文。短者一行只有八字、六字，甚至四字，长者一行竟达二十字之多，简直完全不顾诗体了。此关必须越过，译诗才入坦途。原诗是古色古香、工整稳健的"无韵体"，绝对不可草草了事，译成忽长忽短、松松散散的"自由诗"。如何把一件事情或一个意念用十一二个字述说清楚，是所有译诗人要修炼的基本功夫。例如第三行，原文 Man comes to till the field and lies beneath 单纯而朴素，只要说"人来耕田，而后长眠其下"十个字就够了，不必动用十五个字。又例如第十六行，Then didst thou grant mine asking with a smile，李译仅得六字："而你轻笑应允。"毋乃太短，其实只要紧贴原文，自然就可以译成"而你一笑真的应允我所请"，就够长了。

另一毛病出在句法，例如第三行，And after many a summer dies the swan 是倒装句，句中一小顿落在第七、第八音节之间，吟诵起来句法前长后短，成七三之比。李译"天鹅死在许多个夏季之后"，完全没错，但是句法给改顺了，成了散文，节奏前短后长，成四七之比。如果译成"过了许多个夏天死了天鹅"，则无论句法或节奏就贴近了原文。又例如诗末的四行乃一问句，文法的基本结构是 why should a man desire……or pass……? 只要一路顺译便可。至于末行 Where all should pause, as is most meet for all？乃是 goal 的形容词子句，李译却提前先译，然后回头去译前三行，便乱了句法。结果四行长短悬殊，第三行 To vary from the kindly race of man 竟简化成"与众不同"的四字短句，不但突兀，而且草率。

失控最严重的是 Can thy love……to hear me？这一句，也正是令众多译者泥足深陷的沼泽。李译从附属子句的 though even now……to hear me 译起，再回头去译主要子句，原为良策，却陷入一个超长句中，沦于冗赘。最奇怪的是，李译把原诗的三十一行翻成了三十行，少了一行，却坐视译文在二十五、二十六两行变成塞车的长龙。其实若要削减长句，舒解塞车，不妨重整如下：

> 导引你的银星，垂顾着我们，
> 映出你颤动的泪眼，为我的怨言
> 而泫然，你的恩爱，你的美貌
> 能为我弥补？放我吧，收回你赏赐。

第二十一、二十二两行都有误：两行的"不朽的青春"指的都是黎明之女神，而"永恒的衰老"是指提托诺斯，所以二十一行的"众神"乃无中生有，而二十二行的"对照"宜改为"守着"或"陪伴"。

李译的《长途》没有犯什么错误，但是句法也失之参差，长句比短句会多出七个字，而且全未押韵。像第七句"把她的东西清理掉而且摆出独自一人的模样"，实在太冗长，全无诗的精简。其实只要说"清掉她的东西，像是在独居"就够了。

六

佳作二的得主魏正仪所译的《提索纳斯》，毛病不少。其一是行末几乎都不加点；其二是行中原应打逗点的地方都以空一格来代替；其三是句长并无常态，最短者六字，最长者竟达二十三字，由译文完全看不出原文用的是句长一致的"抑扬五步格"。对原诗的形式如此不尊重，实在不应该。至于第十一行后半的 once a man 竟然漏译，简直太过草率。所以译文偶有佳胜，例如"不死的残躯伴着不老的红颜"或"林木老朽，林木老朽而倾倒"，却瑜不掩瑕，整篇的毛病有待改进。

魏译的《遥念》一样句长失控，短到一行八字，长到一行二十二字。行末一律不加点，误将台湾现代诗的形式套在讲究标点的英诗上了。有趣的是，魏译虽无句点，却在末段首句把原文的 ends 译成"划上句点"。

七

佳作三的得主洪淑美所译《提邹诺斯》第一段十行，虽然未尽工整，却也大致无错，语言也颇畅达。但其后的二十一行不但时有误译，句法长短亦过分随兴。第十二行把 thy choice 译成"选民"，不妥，因为提邹诺斯一人专宠，不能称民。第十七行"如富豪一洒千金"只言其慷慨，却未及其粗心，太简化了。后面紧接的一行"但那时间洪流竟直泻而下"，与原文相差太大，"洪流"不知从何而来。而后面的一行原有三个动作，洪译竟漏了一个。第二十行"虽不能终结我的生命"，像许多译者一样，把 end 译成"终结"，不知是否受到流行电影片名的"潜移默化"？其实更自然的中文说法是："虽不能害我的命"或者"尽管夺不了吾命"。后文又把"颤抖双眼"说成是"晨星"所有，也不妥。其实"晨星"仍应译"银星"，而一颗星怎么会有双眼呢，当然是指女神的美目。"你的慈爱"也不妥，因为母对子才是慈爱，情人之间该是恋爱。

　　洪译第二篇《遥距》在押韵上颇下功夫，不但译出了前三段的 abab，抑且在末段依原文转韵，译出了 abba，真是难得。在内容方面，洪译犯了一个错，把 transport pass 译成了"护照"，但除此之外实在译得很好，比前一首诗要好许多。

图书在版编目（CIP）数据

含英吐华 / 余光中著. — 上海：上海三联书店，2019.3
ISBN 978-7-5426-6577-5

Ⅰ．①含… Ⅱ．①余… Ⅲ．①英语诗歌—文学翻译 Ⅳ．①H315.9

中国版本图书馆CIP数据核字(2018)第276256号

含英吐华

著　　者 / 余光中

责任编辑 / 朱静蔚
特约编辑 / 李志卿　丁敏翔
装帧设计 / 微言视觉工坊 ｜ 阿　龙　苗庆东
监　　制 / 姚　军
责任校对 / 朱　鑫

出版发行 / 上海三联书店
　　　　　（200030）上海市徐汇区漕溪北路331号中金国际广场A座6楼
邮购电话 / 021-22895540
印　　刷 / 山东临沂新华印刷物流集团有限责任公司

版　　次 / 2019年3月第1版
印　　次 / 2019年3月第1次印刷
开　　本 / 787×1092　1/32
字　　数 / 226千字
印　　张 / 14
书　　号 / ISBN 978-7-5426-6577-5 / Ⅰ·1480
定　　价 / 68.00元

敬启读者，如发现本书有印装质量问题，请与印刷厂联系0539-2925680。